小說新賞

西廂記

原著　元・王實甫

編寫　石德華

三民書局

主編的話

在經典故事中成長

我常常思索著，我是怎麼成了一個說故事的人？

有一段我已經忘卻的記憶，那是一個沒有什麼像樣娛樂的年代，大人們忙著養家活口或整理家務，大部分的孩子都是自己尋找樂趣，妹妹告訴我，她們是在我說的故事中度過童年的。我常一手牽著小妹，一手牽著大妹，走到家附近那廢棄的老宅前，老宅大而陰森，厚重而斑駁的木門前有一座石階，連接木門和石階的磚牆都已傾頹，只有那座石階安好，作為一個講臺恰到好處。妹妹席地而坐，我站上石階，像天方夜譚般開始一千零一夜的故事。

記憶中的小時候，我是個木訥寡言的人，所以當小妹說起這段過去時，我露出不可思議的神情，懷疑她說的是另一個人的事。雖然如此，我卻記得我是如何開始寫故事的。那是專三的暑假，對所有要上大學的人來說，這個暑假是很特別的假期，彷彿過了這個暑假就從青少年走入成年。放暑假的第一天，我從北部帶著紅樓夢返家，想說漫長的暑假適合讀平日零碎時間不能完整閱讀的大部頭。當我花了兩個星期沒日沒夜看完紅樓夢，還沒從寶黛沒有快樂結局的悲悽愛情氛圍中脫身，突然萌生說故事的衝動，便在酷暑時節，窩在通鋪式的臥房，以摺疊成山的棉被權充書桌，幾個下午就完成我的第一篇短篇小說、我說的第一個故事。寫完時全身汗水淋漓，用鉛筆寫的草稿也被手汗沾得處處字跡模糊，不過我不擔心，所有的文字都在我腦海中，無需辨認。之後我又花了幾天把草稿謄在稿紙上，投寄到台灣日報副刊，當那個訴說青春少女和遲暮老人忘年情誼的小說變成鉛字出現在報紙副刊，我知道我喜歡說故事、可以說故事，於是寫了一篇又一篇的小說，直到今天。

原來是經典小說帶領我走入說故事的行列，這段記憶我始終記得，

也很希望在童年時代還耐不下性子閱讀原典的孩子們，能和我一樣在經典故事中成長。

雖然市場上重新編寫經典小說的作品很多，但對我這個有兩個少年階段孩子的母親來說，卻總覺得找不到適合的版本，不是太簡單，就是太難，要不然就是刪節得不好，文字不夠精確等等，我們看到了這當中的成長空間，於是計畫進行一套經典小說的改寫版本。

首先我們先確定了方向，保留較多文學性，讓這套書適合大孩子閱讀；但也因為如此，讓我們在邀請撰稿者方面碰到不少困難。幸好有宇文正、石德華、許榮哲等作家朋友們願意加入，加上三民書局之前「世紀人物 100」的傳記書系列，也出現了不少有文采、有功力的寫作者，讓這套書可以順利進行。對於文字創作者來說，創意是珍貴的資產，但改寫工作就像化妝師，被要求照著一張照片化妝，不能一模一樣，又不能不一樣，一些作者告訴我，他們在撰寫這系列的書時，常常因為想寫的和原著不太一樣而卡住，三民書局的編輯也常常要幫著作者把寫作節奏拉回來，好幾本書稿都是初稿完成後，又大幅刪修，甚至全部重寫。辛苦的代價便是呈現在讀者面前的這套書——文字流暢、故事生動，既有原典的精華，又有作者的創意調拌，加上全彩印刷、配圖精美。這是我為我的孩子選擇的一套書，作為他們告別青春期的最佳禮物，希望能和天下的學子、家長們分享，也期待這套「大部頭的套書」，經過作家們巧妙的改寫、賦予新生命後，保留了經典的精神，又比文言白話交雜的原典更加容易親近，讓喜歡聽故事、讀故事的孩子，長大後也能說故事、寫故事，於是中國經典文學的精華就能這麼一代一代傳誦下去。

林黛嫚

作者的話

我這個人真的天生西廂

據說王實甫寫西廂記時，入戲很深，我也是。

我是誰？憑什麼也配和王實甫平起平坐？呸！不過，我真的天天寫又很愛寫，每次看到鏡子裡因熬夜而水腫的豬頭臉，就發誓今天一定要早睡，結果又混在普救寺裡八卦哈拉，電視裡的政論節目、靈異節目都遍遍重播了，我還離不開電腦前……

我說「我也是」，指的是這份王實甫精神。

要介紹我自己，我想從我朋友告訴我的「新春版西廂記」說起。過年特別節目，找了一個又胖又高的洋人扮紅娘，羅裙下露出半截蘿蔔腿，腳大，後沿踩繡花鞋，嘴邊一粒斗大的黑痣。張生紅娘姐長、紅娘姐短的叫個不停，她說：

「您就甭那麼客氣了，掐頭去尾，只叫中間一個字就行了。」

張生一根一根拗自己手指頭說：「掐頭，去尾，只叫中間一個字，那不就是『娘』嗎？」

紅娘立刻應聲回答：「唯，乖兒子！」

西廂那堵牆是用一塊矮布作道具，兩個人拉著，紅娘要傳信兒的時候，管它露底褲穿幫什麼的，直接就從這牆頭一個大跨步跳過來、跳過去……

哈、哈、哈……，難忘喔，直接爽利，我超喜歡這種人生，超喜歡如此版本。

可我這本西廂記是怎麼寫張生紅娘的第一次見面？

紅娘行走迴廊，冷不防廊柱後閃出個張君瑞，擋住紅娘去路。紅娘向右他也向右，紅娘向左他也向左，紅娘索性站定，看他如何，張君瑞

深深作揖，對紅娘說：

「小生向小娘子問好。」

紅娘知他是適才法本身邊的書生，此刻雖一頭霧水，仍不忘拜揖回禮道：「先生萬福。」

堪稱超文雅古典到閃亮夢幻的地步。

問題來了，假若古典夢幻版與那新春爆笑版去 PK 一場，到底我會愛誰？

都、愛。

因為一表一裡，我本來一直就是個表裡不一的人：有時很夢幻有時很搞笑。

會很奇怪嗎？你不也是有時很酷，不理人，有時卻想說笑話（雖然很冷）。

你還可以以此想像類推我這個人，我知道你沒興趣，我自己說：

我外表很有氣質，在家鯊魚夾煮飯刷馬桶。

我看來很強勢，其實很沒攻擊力。

我有時很洞悉，但知道了什麼也沒能做什麼。

我有時很傻，因為我聰明的知道這樣比較簡單。

我，就是這樣的表裡不一。

那為什麼不直接寫「搞笑版」算了？你以為搞笑很好寫嗎？好不好寫其實也不成理由，真正的原因是——我是一位國、文、老、師。

你並不吃驚，因為不會有一位數學老師去改寫青少年版西廂記，對啦，我只是想強調「國、文、老、師」四個字，當全世界的人都在瘋狂裸奔，那圍一條浴巾在身上的，你說會是誰？

我是個很懂學生的老師，我也知道年輕人喜歡的模式，但說話、表演、部落格、無名小站、即時通、MSN、簡訊、課堂短劇……，日常生活中輕易就能搞笑輕鬆俏皮年輕另類，這世界從不缺這些，這世界所缺的那一點什麼，就像是吃一口桃紅色甜甜的棉花糖，看到、吃到的那一口很歡喜，含到口後，空，無。這世界缺的是雋永的口感。

所以我很想搞笑，但手指一敲鍵就被「國文老師」上了身。

我還可以這麼介紹自己：

A 型，天蠍座，我認為崔鶯鶯心裡有心，八成就是此星座此血型。

我初中（就是你們的國中啦）就常冒記過危險，幫班上同學傳情書給男生，紅娘不就是？

我也愛寫作讀書什麼的，命格雙文昌，張君瑞的影子也在我身上。

所以容我這麼說，我這人天生西廂，個性就是鶯鶯加紅娘加張君瑞的綜合體。

幾歲？唉，幹嘛記得問，年輕是一種心理狀態而不是數目字，自我介紹要坦誠？好吧，讓我算算，鶯鶯一十八、張君瑞二十三，紅娘……，唉，我年齡剛好也是，他們三人的綜合體！

入戲，我真的入戲到邊寫邊物色閃亮偶像劇西廂記的經典人選：崔鶯鶯，曾愷玹；張君瑞，羅志祥；紅娘，陳喬恩，不過，陳喬恩已是一姐了，不會接配角，那麼——紅娘，陳漢典。

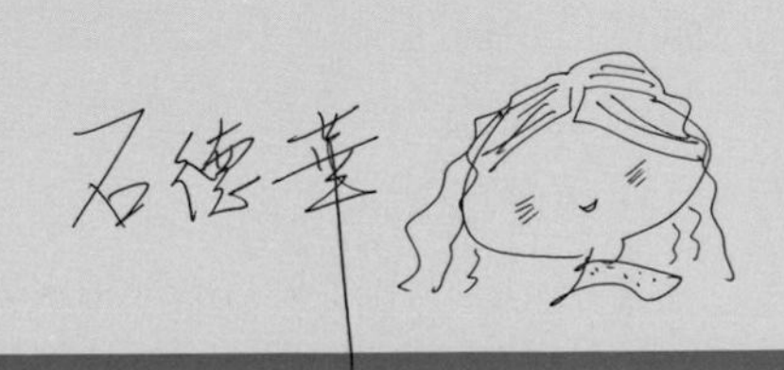

西廂記

目次

第三卷　情字路上多轉彎

第四卷　千錘百鍊情始真

第五卷　有情人終成眷屬

月光下，我在等你
——帶你走進西廂的深情世界

1 站在青春那一邊

有些人耐看，有些書耐讀。

所謂「耐」，就是禁得起；一看、再看、越看越好看、懂了更好看。西廂記就是這種型的書。

「我愛紅娘，紅娘愛我，為你搭起友誼的橋」，即便你沒看過西廂記，也知道有紅娘這號人物，而且知道「紅娘」指的就是為人牽紅線撮合姻緣的人，年輕版的媒人婆。

如果你略知西廂記，當然知道仰仗俏紅娘牽線的男女主角，那才子名叫張君瑞、那佳人芳名崔鶯鶯，西廂記內容是經過波折考驗，有情人終成眷屬的唯美愛情故事。

但如果你真的讀過西廂記，你可能會對張生追求崔鶯鶯的過程感到「喔，拜託喔，有需要這麼龜毛嗎？」「不乾不脆，很難搞耶！」「簡訊傳情時代，誰要像他們那樣？」「……」，如果你果真有這些想法，那就代表你讀、懂、了！

因為你看見愛情不老不死不朽，它帶著一貫微笑走過每個時代、每個國度，它始終自信從容，因為永遠吃得開。崔張身處在中國古代社會，婚姻必須是「父母之命，媒妁之言」；也就是說男女不可戀愛，婚姻必須經過媒人介紹，再由父母做決定，當事人一點都不能自己做主，但他們竟敢忠於自我、自由戀愛，不僅崔張兩人渾身散發的「愛情萬歲」光芒令你熟悉，那強調自主、顛覆傳統的叛逆氣味，e 世代的你應該也不會陌生，所以，崔張雖是古早人，但站在青春那一邊，和年輕的你同一國。

至於那惠明和尚、白馬將軍的義氣爽快放在墨攻、投名狀裡不就是影片裡劉德華、金城武那些人嗎？那很不討好的崔老夫人，難道不像事事為我們打點盤算，卻令我們毫不領情的，有點功利的媽媽嗎？而紅娘，可能是你也可能是我，她根本是我們生活裡的一種人──勇敢助人、成人之美，但有時難免熱心得忘了我是誰，卻仍然不失可愛。西廂記歌頌愛情、標舉友情、觸探親情，既溫柔浪漫又批判現實，看過的都會說：「嗯，不只愛情喔，對呀，……你自己看！」

話既說到此，就不妨說多點，一般我們看的西廂記叫做改寫本，也就是用白話文將原文重新說一遍，以方便青少年閱讀，若要說起原文，那可真像溯溪而上，到了水的上游，再撥開長長密密搖曳翻飛的蘆葦，一路尋向水源的深處。

2 我的故事會成長

西廂記的故事描寫書生張君瑞在進京趕考的途中，經過普救寺，巧遇已故相國獨女崔鶯鶯，兩人一見鍾情。張君瑞藉故住進普救寺，千方百計親近崔鶯鶯，兩人亦曾隔牆吟詩，互訴衷曲。後來，叛軍孫飛虎圍攻普救寺，揚言奪鶯鶯為妻，為解危難，崔夫人宣布若有人能解圍，便許鶯鶯為其妻。張生急忙寫信向好友白馬將軍求救，又幸得惠明和尚突圍送求救信，終於順利打退賊人解救眾人，不料崔夫人認為張君瑞只是百姓，白衣（平民）女婿與相門之女門不當戶不對，便以鶯鶯自小已許配鄭恆為由，不同意兩人婚事。張生因此鬱鬱成疾，鶯鶯侍女紅娘則熱心的撮合他們，崔母發覺後，拷問紅娘，但在紅娘合情又得理的伶俐辯詞下，為顧全體面而同意了婚事，可是定要張君瑞取得功名，方能成親。鶯鶯送別張生於十里亭，有情人戀戀不忍分離，分離後兩人都備嚐相思之苦，期間雖橫生鄭恆造謠破壞的風波，但崔張二人愛情堅定，最後鶯鶯與考中探花歸來的張君瑞，大團圓結局，有情人終成眷屬。

以上改寫本內容所根據的，是元代劇作家王實甫所撰寫的著名雜劇西廂記。但這故事卻並非王實甫憑空獨創，它是經過長時間漸漸定型的。

西廂記的故事早在唐代便流傳很廣，唐代詩人元稹曾將這故事寫成三千多字傳奇小說鶯鶯傳（亦名會真記），到金代，戲曲作家董解元很愛這故事的題材，擴編成可以彈唱的五萬字說唱版西廂記（也稱董西廂），在情節、主題都有進步改變，到了元代王實甫手中，才將西廂記編成搬上舞臺，能唱能演的雜劇，是一本完整的戲劇劇本（也稱王西廂）。

故事在這長長歲月裡，其實產生一些變化，會真記裡張君瑞對崔鶯鶯始亂終棄，兩人悲劇結束，金代的彈唱曲裡，兩人一起出走並大團圓結局，紅娘這一角色則由無足輕重變成舉足輕重，至於追逐真愛、批判權威的主題也越來越明顯。

回過頭來說說什麼叫「雜劇」？中國四大韻文有漢賦、唐詩、宋詞、元曲，其中「元曲」就包含「雜劇」，它像我們現在所見的舞臺戲曲表演一樣，有戲名、劇情、人物、唱曲、歌詞、動作，不過全劇只分四折，而且只限男女主角可以開口唱詞曲。雜劇作家不僅要文筆華茂，還得精通音樂。

由於王實甫的才情，使西廂記的情節衝突更加激烈，人物的心理描寫更加細緻，詞與曲雙雙優美，他使一個傳說故事，煥發出奪目的光彩。後世文評家用來讚譽西廂記的名號有：「雜劇第一」、「北曲之冠」、「天下奪魁」、「神品」、「北曲壓卷」。

西廂記甚至有英文、法文、德文以及俄文版譯本，愛爾蘭名劇作家蕭伯納曾說：「西廂記是最優美的詩劇，和我們的中古詩劇一樣，只有十三世紀的中國才能創造得出來。」可見得西廂記不僅在中國古典文學作品中占有很高的地位，也成為世界文學遺產的一部分。

有關王實甫生平的資料很少，因為元代多數有成就的戲曲作家，都是淪落民間的讀書人，默默無聞、名不見經傳，王實甫可能是一個仕途失意的文人，只知道他名信德，字實甫，大都（北京市）人。據說他寫西廂記時，入戲很深，常常夜以繼日的寫，一詞一句都仔細琢磨推敲，常是稿子還沒寫完，人就累得趴在桌上，但是他只要一醒過來，就堅持繼續寫作，最後竟大吐一口鮮血，手握著筆死去了，西廂記真可以說是王實甫嘔心瀝血的作品。

3 還有一些你不知道的事

你有過這樣的經驗嗎？看過一篇文章，只覺得不錯，但經由賞析之後，你才明白它為什麼好，好在哪裡，這裡為什麼這樣寫，原來作者真正要表達的是什麼……，然後，你不但將它從「不錯」升等到「超讚」，更體會到「讀懂了」的感覺真好。

西廂記有幸遇到一個人，名叫金聖歎。

金聖歎是清初一位才華橫溢的才子，名喟，又名人瑞，蘇州人，胡適說他是「十七世紀的一個大怪傑」。

他將莊子、離騷、史記、杜詩、水滸傳和西廂記稱為「六才子書」，並計劃逐一加以評點；所謂「評點」，就是更細微的賞析；但此舉尚未全部完成，他就因案被殺，只完成第五才子書水滸傳和第六才子書西廂記的評點本。

人人都稱西廂好，但到底好在哪裡，卻說不清楚，唯獨金聖歎說清楚了，將來若有機會讀西廂記原文，你可以一併欣賞才子金聖歎評點的「金批西廂」，他慧眼獨具，不但能具體指出西廂記為什麼好，好在哪裡，又能抓得住作者的心意和文字奧妙之所在，尤其擅長心理分析，將人物的心理活動娓娓道出，令人讀來深深嘆服。

比如書中因為有崔張二人約會偷歡的情節，於是「西廂是淫書」的惡名在社會上由來以久，以致古人讀西廂，不敢明白告訴別人，會隱密的說是在「看閒書」，但金聖歎不僅稱讚西廂是天地妙文，也將崔張逾牆偷歡等越禮舉動，看做兒女情長之難免，屬人性之自然，這樣的觀點當然坦白中肯。人人稱讚「金批西廂」美不勝收，著名清代戲劇評論家李漁則大讚金聖歎評西廂，看到人們看不到之處，已到了辨識毛髮一般細微的地步。

事實上，金聖歎不僅是評點，還包括對原文的刪改及其他處理。

元代雜劇分四折（本），王西廂四本十六章，但傳世的西廂記卻有第五折，金聖歎認為第五本乃是另一個人續寫（一說為關漢卿續寫），並非出自王實甫的手筆。他對第五折的批評常出現「醜語」、「一片犬吠」等惡評，實在對它很有意見，但他仍將「第五本」稱之為「續本」，並未像他處理水滸傳那般，將七十回之後全部一刀腰斬，可見金聖歎心中自有取捨標準。關於他對續本很有意見這部分，你可以看做是金聖歎的主觀，因為文學批評是允許個人主觀的，但整體而言，「金批西廂」對西廂的傳播功不可沒。

一九五五年六月十三日，臺灣第一部臺語片就是六才子西廂記，雖在臺北大觀戲院上映三天就下片，但以此可見西廂記故事的深入民間，六十年代，黃梅調電影流行時期，西廂記也再三被搬上銀幕。

青少年幾乎人人都讀過西遊、水滸、紅樓，拜電玩、電影之賜，三國更深中青少年的心，相形之下，西廂是寂寞的。真金不怕火來煉，不怕你來比，只怕你不讀，而且一看、再看、越看越好看、懂了更好看，相信我，就這一句——

西廂耐讀！

4 你手中的這一本西廂

現在你手中的這一本西廂是今版搏感情、用真心、最新改寫本。

有句話是這樣說的：「與其改你的作品，我寧可重新幫你寫。」這句話在說改寫沒那麼容易，有人情願自己寫比較自由，尤其，我是個專業作家，作家有個共通點，就是愛自己亂編造故事，改寫會使我有點受到拘束，但我還是扛下這工作，因為我想到，「雜劇」這玩意兒，對二十一世紀青少年而言，比外星人還要外星人，假若沒人改寫，就永遠沒有機會讓人知道它有多好看。

還好，我同時也是個中學老師，深深了解青少年的心，你說，你最喜歡老師那一點？單選：(A)考前劃重點(B)上課會複習(C)常常給講義(D)上課說故事。

答案——ㄓㄨ(D)。

我好像就是那種很會說故事的老師。於是，我假裝學生全坐在我面前，剛上完游泳課，如果你不講得生動精采，南風吹，他們一定大大方方睡給你看，所以，我得多做些規劃準備。

首先，我以時間為線索，讓故事一路進展，新標題目、分卷進行，以使故事眉目分明，每一卷再分小節，可以方便閱讀，如此要應付爸媽或老師的學習單也比較好說話：「我已經讀到第三卷的2了」、「要準備段考啦，考完再讀下一卷啦」、「老師，學習單這次出到第二卷的3就好了啦，小考很多耶！」……。

全書所分卷數如下：

第一卷　一見鍾情普救寺
第二卷　英雄玉成兒女事
第三卷　情字路上多轉彎
第四卷　千錘百鍊情始真
第五卷　有情人終成眷屬

其次，我將王實甫的戲劇改寫成小說；小說，人人都可親。

第三，我著重人物的神情氣味以及內心描寫。人物，一向是所有小說的靈魂，也是我個人寫作的最愛。

比如崔張二人，若只會天天相思，愛得死去活來，能有說服力嗎？

我想挖出他們兩人身上值得被愛的地方到底是什麼？

比如鶯鶯與紅娘是超級好友了，但再怎樣貼心，每個人心中一定會有一塊別人進不去的角落；再怎樣「麻吉」，人人個性終有不同，有些人直率一些、有些人「難搞」一些，只要沒危害團體，是沒有什麼關係的。而「難搞」，有時是因為擔心、沒安全感、需要被強力保證……，越懂得這一層，戀愛越能成功；這不是我自己在說，這是真理。

又比如那惠明和尚，天天喝酒打架，明明是個狗都嫌的痞子，為什麼突然就能擔當起那危險的任務？要有交代才對；換句話，能交代才見功力；所以我就不客氣的，照我的意思略有添加。

第四，視訊、八卦正盛的時代，口語、網路人人都太過熟悉，這一次，何妨試試新鮮不同的滋味，那叫——適度的古典味。雖然現代語法才能讓青少年接受，但我真的不能讓紅娘踏滑板、讓法本和尚穿「咖啡色」袈裟、讓張君瑞「哈」得不成體統、更不能說崔鶯鶯說話聲音是「林志玲一般的娃娃聲」，至於那些曲折幽細的人性，你長大會真明白，現在何妨當做課前預習，而「吼，怎麼這麼麻煩」的那些細節，換個角度，你可以試試這樣看，那叫做——淋漓盡致。「大致說說」比較容易，表達能到「淋漓盡致」，那可要有料的人才能勝任。

這樣啦，人生時時會跳個 tone，這次，我希望是你跳到我的 tone，當然，既然號稱鮮猛活跳「今本西廂」，我也會調整自己向現代靠近一些，吳宇森電影赤壁，三國古人不就邊搖羽扇邊說：「讓我冷靜一下？」我會讓古典的文雅與現代的親切調合得剛剛好。

金聖歎曾推薦「讀第六才子書西廂記法」八十一種方法：

第六十一、西廂記，必須掃地讀之。掃地讀之者，不得存一點塵於胸中也。

第六十二、西廂記，必須焚香讀之。焚香讀之者，致其恭敬，以其鬼神之通之也。

第六十三、西廂記，必須對雪讀之。對雪讀之者，資其潔清也。

第六十四、西廂記，必須對花讀之。對花讀之者，助其娟麗也。

放心，我不會像金聖歎那麼麻煩，我對你讀手中這本「今本西廂」，只有個小小建議，那就是——

第五，（飽含深情極力推薦）請用電影畫面讀你手上的這本西廂，因為西廂記從來就充滿豐富的戲劇效果。

就這樣，你準備好了嗎？與我穿越時光隧道，一同到唐代，飛越滾滾黃河，來到那山西蒲州的普救寺。

寫書的人

石德華

為人簽名都愛這樣畫自己：臉方方圓圓、長髮捲捲、常常都笑笑的。

她得過不少散文、小說的獎項，教學又靈活，很多人請她演講，都談現代文學、說寫作方法，以及分享教學經驗，雖然她每次都能勝任愉快，但是，其實她超級喜歡文言文，很著魔於古典文學，非常會說故事。還好西廂記適時與她交集，她將這本青少年版西廂記當做一樁，生命的紀念。

西廂記

第一卷　一見鍾情普救寺

1. 山上有座梨花別院

月光光。

蒲州中州府，今夜無事。

暮春時節，薰風帶股暖氣，軟軟吹得遠近的山都黑甜睡去，天色倒是一片清澈的灰藍，黃河在遠遠的天邊，月光下一彎長長衣帶似的隱隱發亮。

蒲東峨嵋山上的普救寺，月色下分外挺拔。

這寺廟是「金輪聖神皇帝」武則天，親自下御旨所蓋的功德院，莊嚴雄渾，氣派自是不同，寺裡僧徒三、五百人，香火十分鼎盛，號為蒲州名剎。

普救寺寺院在前面，園林在後面，居中恢宏的正殿是大雄寶殿，左右各有東、西廂房，那西廂房的西邊，再有一座三合大別院名叫「梨花別院」。今晚，梨花別院的後院，有人尚未眠。

小几兒一張，几上香爐還熱著，清香三枝煙霧繚繞，冉冉飄逸，一個年輕女子，年紀約莫十八、九歲，正佇立在几前，雙手合什默禱，「呀」一聲，房門開啟，房裡走出個丫鬟模樣女子，蓮步趨近，輕聲一句：

「啊，小姐，時候不早了，該休息了。」

「唉……」小姐一聲嘘嘆：

「紅娘，那妳收拾收拾，我就先進屋裡去了。」

「小姐，我剛在屋裡已燃了沉香，好順順妳胸口的鬱悶。」

「但願母親安好，此行一路順遂，才能解我心中憂煩。」

「小姐，妳快進屋去吧，老夫人要我明日趁無人，帶妳到前庭院賞花散心去呢。」

小姐返身入屋，那丫鬟收爐移几兒，俐俐落落收拾妥當，也轉身回屋，「呀」一聲關門聲，劃破普救寺寧靜的春夜。

普救寺裡住的全是和尚，怪道今晚怎會有女眾的身影，在西廂旁邊的別院裡娉娉婷婷*的走動？

原來所謂別院，並不屬於普救寺，只是緊鄰依附在普救寺旁邊。這梨花別院非同小可，乃是當朝相國崔珏出資所興建的，普救寺住持法本和尚，當年也是崔相國贈送度牒、袈裟，親自作主給他剃度的，崔相

*娉娉婷婷：姿態輕巧美好的樣子。

國與普救寺可說是淵源深厚。

崔相國雖官盛位高，但為自己告老辭官後的生活早做謀畫，因為極喜歡此寺廟的清幽雅靜，又兼能親近佛祖菩薩，所以他自己出資，特地蓋此別院，以作為日後閒雲野鶴的隱居之所。這別院牆邊有數棵梨樹，一到春天，滿樹開滿純白的花朵，因此名為「梨花別院」。

不料，日前崔相國突然病故，崔老夫人傷痛之餘，帶領愛女崔鶯鶯、婢女紅娘以及童僕歡郎一起護送相國的靈柩要回故鄉河南博陵去安葬，因為路途艱辛疲困，於是半途暫借普救寺梨花別院停柩一段時日。

老夫人出身鄭家，那崔鶯鶯從小許配給老夫人娘家的姪子鄭恆。崔、盧、李、鄭、王是當今最顯赫的五大名門，雖然姪兒鄭恆庸庸碌碌，但自己的哥哥貴為朝廷尚書，鶯鶯得許配給門當戶對的鄭尚書家，令老夫人的內心倍感欣慰。如今停柩普救寺，老夫人早已寫書信差人去通知在長安的鄭恆，叫他火速趕來幫忙，一同扶柩回博陵。

停柩普救寺的時日，老夫人與鶯鶯常常觸景傷情。老夫人想起從前貴為一品夫人，有享不盡的榮華富貴，如今孤兒寡母相依為命，身邊只有幾個婢女、小廝為伴，景況好不淒涼，原本此處該是兩老安享晚年的福

地，卻落個景物依舊、人事已非，怎不令人萬分心傷？

崔家小姐鶯鶯不僅美而端莊，刺繡、女紅、詩詞、文章、算理無不通曉精妙，在父母的呵護疼寵下，從來不知憂愁的滋味，父親突然去世，令她首度嚐受痛苦打擊，停柩普救寺的日子，空虛被等待填滿卻仍然空虛，博陵當然是此行的目的地，但博陵之後呢？她日日焚香夜禱，但願家人安好，那她自己的安好又會是什麼？父死母老，春日遲遲，相府千金每天晚上在後院焚香祈禱，她的柳眉經常展不開，彷彿懷著很多的心事。

梨花別院最後一盞燈火忽地熄滅，整個普救寺全沒入黑暗，夜更深了，快要圓滿的月，正當空掛著。

2. 無法自拔的驚豔

隔日清早，普救寺山門外來了個倜倜儻儻*的斯文書生。

這書生姓張名珙，字君瑞，河南洛陽人，父親曾

* 倜倜儻儻：灑脫的樣子。

官拜禮部尚書，但不幸早逝。張君瑞飽讀詩書，胸懷大志，多少年青燈黃卷*、寒窗苦讀，心中總只懷著一個願望——長安！

長安，長安，長安，長安城像一塊磁鐵一般，時時磁吸著普天下所有讀書人的心，只要有一天能在長安榮登科榜，抱負可以實現、門第可以光耀、富貴可以擁有，在長安，有世間最美的一場夢，可以成真的美夢。

張君瑞此行離開家鄉，為的就是要赴京城長安去應試。他帶著琴童，陸地走馬，水路行船，急急的腳步片刻不曾停歇，一心只想赴長安。

昨日路過蒲州河中府，張君瑞想起自己有個結拜兄弟名叫杜確，高中武狀元，官拜征西大元帥，統領十萬大軍，正鎮守蒲津關，於是他決定在蒲州停留數日，探訪久未見面的結拜大哥，再去長安不遲。

到了城內，住進旅店，向店小二詢問附近有什麼可散心之處？店小二說：

「這裡有一座普救寺遠近馳名，南來北往的商人旅客，無不去瞻仰的。」

翌日清晨，張君瑞就登上了峨嵋山。

* 青燈黃卷：形容夜深讀書的情形。

一路上山嶺蒼翠，視野開闊，鳥瞰蒲州的平疇綠野，張君瑞神清氣爽，不禁自言自語道：

「從前孔老夫子登上泰山一看，才知道魯國的渺小，我今日不也就是？人登得越高，視野就越不凡，氣概就能越軒昂。」張君瑞於是對著山谷長嘯一聲，「啊——」一吐胸中渴望伸展抱負的鬱悶。

昨日乘船經過黃河的時候，竹索浮橋，浪濤滾滾，舟船迅疾似箭，張君瑞一人站立船頭，俯看黃河的水浩浩湯湯，心念也隨之上下奔馳，那時，他心想：

「古今多少英雄豪傑都曾經強渡這黃河，去建立那蓋世功業，下一個直上青雲的人，必定是我！」

船即將靠岸，剛好夕陽如大紅輪掛在天邊水面，張君瑞對著向晚的美麗天水大聲吶喊：

「沒有任何人能停止我的腳步，長安！長安！我、來、了！」

※　　※　　※

普救寺山門剛巧走出個和尚，一見書生立即問訊一聲：「阿彌陀佛！」

「小僧法聰，請問先生從何處來？」

「小生張君瑞，從西洛來到此地，聽說貴寺清幽，特來瞻禮佛像，並拜謁長老住持。」

法聰說：「不巧，師父不在，請進，請進，進得寺內喝茶，由我領引著你四處參觀一遭。」

張君瑞道謝不已，隨法聰走進普救寺。

佛殿、僧院、廚房、法堂、鐘樓、寶塔、迴廊一一看過，羅漢數過、菩薩也參過，普救寺裡到處都遊遍，兩人一直走向西廂，並再向西：

「好一座大院子，待我們再參觀去！」

法聰急急拉住張君瑞：

「那裡去不得的，先生留步，裡面是崔相國家眷的寓宅。」

話還沒說完呢，來不及轉身的張君瑞，一步正巧踏進別院——

轟！張君瑞腦門一震，只覺眼花撩亂，頓時張口咋舌，神魂飛到半天去了。

怎麼會有這樣一個女子，一個人占去所有的春天，不，無法動彈的張君瑞看直了眼，傻傻的想：

「我，遇到神仙了吧！」

那「仙女」眉兒彎彎像一枚小巧的月牙，眼睛晶黑流亮，盛著滿滿的笑意，手拈一枝桃花，粉淡花色正映照在白皙晶瑩的臉頰，驀然看見陌生人，害羞得

別過頭去，髮上珠玉翠花鈿，將「仙女」的側影襯得光彩明麗，她羞怯的低呼一聲：

「紅娘，我進屋看母親去！」

一轉身，腰枝有如柳絲在春風中輕擺，嬌嫩的說話聲，似滴溜溜的乳燕語，「仙女」從落花的小徑離去，身影輕盈若舞，蓮步翩翩，每一個足印都撩撥起一陣撲鼻的花氣，人兒不見了，花香依然彌漫。

張君瑞凝視著一地落花，用眼睛恍恍尋找那深深淺淺的纖巧足印，他感覺足印似乎在對他訴說暗示著什麼，他要解讀出那暗藏的情意，一絲一毫也不能錯過。他還沒能從一場繽紛的仙境奇遇中醒過來。

「先生，先生！」法聰扯拉張君瑞的袖子，張君瑞仍傻著，「先生！」法聰扯開喉嚨在張君瑞耳邊大聲叫，張君瑞才猛地回神。

「仙女」進那粉白高牆裡去了，風一陣，牆頭梨花飄落，白色花瓣如細雪，這一頭，粉紅桃花瓣也紛紛落，這一切究竟是仙？是幻？是夢？還是真？

千條柳絲亂翻飛，回答了張君瑞的疑問。

「神仙回洞府了嗎？」

法聰忍不住笑出聲：

「先生，你在說什麼？哪來神仙？那是崔相國千金鶯鶯小姐和婢女紅娘出來賞花。」

法聰再催促：

「該走了，先生，寺裡有規條，這門兒是絕不許進去的。」

張君瑞嚥了一口涎沫，悵悵轉身，臨走前再三回首：一院的梨白桃紅柳條綠。

驚鴻一瞥，伊人何在？

3. 近水樓臺好得月

一夜相思不能成眠。

張君瑞心知肚明，這是命中注定的相遇，這一次，他絕對逃脫不了情感的魔障。

沒有人能停止他急急奔赴長安的腳步，除了她崔鶯鶯；張君瑞告訴自己：「梨花別院就是我今生的桃花源。」

但伊人是相國千金，遙

遠得宛如天邊的明月、佛堂上的供花，美麗卻不可能親近，究竟該如何才能親近她，表達自己的情意？張君瑞心亂如麻，整夜思量難入眠。

張君瑞終於想到一個主意，等不到雞鳴，立即動身，清晨再赴普救寺。所謂近水樓臺先得月，梨花別院既然位在西廂邊，那何不借住西廂與崔家近為鄰居？

張君瑞喜孜孜進山門，先遇見法聰，張君瑞忍不住對法聰說：

「昨天我真被你害慘了！」

法聰丈二金剛摸不著頭緒，拍拍自己腦袋，訥訥回答：

「先生，你這話怎麼說，我何曾害過你？」

張君瑞大笑不說明，只說今日要見住持長老。法聰帶領張君瑞到方丈說法的禪房便轉身離去，張君瑞進屋，拜見那髮鬚已全白，兩道白眉長長垂到嘴角，但臉容還像個小孩一樣紅潤的法本和尚。張君瑞介紹自己之後，向法本說：

「上京城應考，經過此地，聽聞方丈你像清風朗月一樣令人仰慕，令我無心去長安求官，倒有心想在你普救寺專心聽你弘法說佛。」

法本說：「阿彌陀佛，豈敢、豈敢，

先生前途無量，功名在望，小小寺廟哪容得下展翅的大鵬。」

張君瑞上前說道：

「小生身在旅途之中，沒能有更多的供奉，聊備白金一兩，贈予寺廟使用。這點小錢不夠買齋糧、不夠添柴薪，請長老笑納，不必推辭。」

接著，恭敬奉上白金在茶几上。

法本一邊捻捻鬍，一邊用眼睛餘光瞄了瞄白金說：

「先生，你只是路過此地，又是客居在外，為什麼要如此破費？想必你一定有什麼指教吧？」

張君瑞聞言回答：「出家人面前不打誑語，小生是有一事相求。小生下榻的旅邸吵雜不堪，讓我難以溫習經史，想暫借寺廟的廂房一住，不僅能安心讀書，晨昏還能禮佛聽經，房金我按月繳清，絕不會拖欠。」

法本說：

「敝寺有很多空房，任憑你挑揀。」

張君瑞心頭一喜，臉上不露痕跡，連忙打躬作揖：

「多謝方丈。小生昨日遍遊貴寺，極喜歡西廂房的幽靜，不要南軒、不要東房，我，只要住西廂。」

話正說著呢，只見法聰領著一女子進來，那女子進門就欠身行禮：

「長老萬福！」

一身素白衣裳，臉上淺淺粉妝，模樣清秀可人，十分討喜，張君瑞只覺有一些眼熟。聽她開啟朱唇，伶俐得當，向著法本娓娓說話：

「夫人讓我來請問長老，什麼時候有個好時辰，可以為我家崔老相國做場法事？夫人她正等著我回話呢。」

這一聲「崔」字，又震得張君瑞腦殼發麻，是了，眼前這女子就是跟在鶯鶯小姐身邊遊園的小婢女。張君瑞兩眼直盯著眼前這小女子，側起雙耳，恨不得將她說的每句話收攝到手裡，雙掌握得滴水不漏，再使盡全力擰絞搓揉，看能不能擠出鶯鶯小姐的一滴訊息。

小婢女明亮的眼睛滴溜溜，不經意的從法本身旁那書生身上一抹而過，心想：「好個俊秀書生，書卷滿身掩不去一股英氣！」

「這位是崔相國家的人，鶯鶯小姐的貼身侍女紅娘，只因崔相國小姐孝心，一心要幫她父親已逝的崔老相國做超薦*法會。」法本對張君瑞說罷，再轉向紅娘說道：「十五日剛巧是佛陀受供日，轉告老夫人小姐，齋供道場都齊備，請她們依時前來拈香。」

＊超薦：意同超渡，為死者誦經以消解前世罪業，超脫沉倫惡道之苦的佛教儀式。

張君瑞一聽，當場抹淚哽咽的說：

「父母恩重如山高、如海深，為人子女的，如何報答得了這般深恩？崔家小姐雖身為女子，尚如此懂得報恩，還望長老慈悲成全，讓小生也備齊五千錢，務請為我準備一份齋品，一起參加這場法會，好超薦我父母，以盡為人子的一片心意。我想，即便老夫人知道，也不會反對的。」

法本答道：

「不妨礙。法聰，幫先生準備一份齋品，與崔府一起辦法會。」

事已妥當，法本邀請大夥一同移駕到他處喝茶。張君瑞藉口如廁，先行告退，等候在紅娘回程的必經之處。果然紅娘向法本辭謝說：

「我不吃茶了，恐怕夫人責怪我回去太遲，我回話去也。」

4. 瀉落一地的痴心

紅娘行走迴廊，冷不防廊柱後閃出個張君瑞，擋住紅娘去路。紅娘向右他也向右，紅娘向左他也向左，紅娘索性站定，看他如何，張君瑞深深作揖，對紅娘說：

「小生向小娘子問好。」

紅娘知他是適才法本身邊的書生，此刻雖一頭霧水，仍不忘拜揖回禮道：「先生萬福。」

「小娘子是崔鶯鶯小姐的侍女，小生有句話，可以說嗎？」

紅娘機靈的回應：

「言語像射箭，不可隨便亂發放。一旦進入人的耳朵，無論多大力氣都拔不出來，怎可不謹慎？不過，說吧，你想對我說些什麼？」

張君瑞口中道著：「小生姓張名珙，字君瑞，河南洛陽人，年方二十三歲，正月十七日子時出生，並不曾娶妻。」心中想道：「但望妳聽進耳，日日在妳家小姐耳邊叨叨唸。」

紅娘「噗嗤」掩口笑出聲：

「誰問你這些來著？我又不是算命先生，問你的生辰年月日有何用？」

張君瑞口中再說:「再問紅娘姐,妳家小姐常出來嗎?」心中想著:「紅娘呀紅娘,妳可是我大海浮沉唯一可活命的浮木了,只有妳可能牽成我和妳家小姐的姻緣線。」

紅娘聽此言臉色一變,生氣的說:

「我家小姐出來又怎樣?」張君瑞心中想著:「正可安慰我的相思之苦,將來我若和妳家小姐共結連理,一定捨不得妳鋪床疊被,一定為妳尋個好人家出嫁。」

只見紅娘已氣嘟嘟鼓起腮幫子,向前一步逼問:

「我家小姐不出來,又、怎、樣?」

張君瑞心一虛,一時無法回答。紅娘就著情勢,就佇立在這迴廊之中,像個私塾老學究,厲聲訓戒那不受教的惡劣子弟一般,連珠一串繼續數落:

「先生是個讀書君子,怎會不知道孔老夫子指示的『非禮勿言,非禮勿動』?我家小姐出不出來,干你啥事?又礙到你什麼了?人道男女授受不親,更何況我家夫人治家極其嚴謹,家規嚴苛宛若冰霜冷酷,即便三尺童子,若非呼喚,也不敢胡亂闖進廳堂,你和我家有何瓜葛,是何關

連？膽敢問起我家小姐！」

被責罵得抬不起頭的張君瑞，抬眼偷偷覷一下紅娘，鼓起勇氣正要解釋，紅娘喘口氣繼續又說：

「今天算你走運，遇上的是我紅娘，世面開、見得多，有胸襟氣量寬恕你的無禮，若讓老夫人知道了，絕不會善罷放你干休，你給我聽著——」

「從今之後，該問的才問，不該問的，速決掐死它於心中，休得出口胡亂問！」

說罷，沒有了聲語。待張君瑞直身抬頭，還來得及瞥見紅娘轉過廊院最後一抹身影，和一條交叉縱橫迂迴彎曲的長廊。

張君瑞血液全流到腳底下，老夫人嚴若冰霜、俏紅娘不假顏色，這情路該如何再續再走？偏偏相思又像染上一場重病，小姐的嬌模樣無一時刻不在腦海縈繞，昨日乍相逢，總覺梨花別院裡處處玄機、步步留情，難道全都是自己的痴心妄想，自作多情嗎？

「小姐啊小姐，妳到底是有情還是無心？」

不信東風喚不回嗎？為什麼連馬上就要搬到西廂居住的喜悅，都已下降了溫度？

自古多情空留餘恨，就此收拾殘念上長安吧，但一盞孤燈，燈下一個寂寞讀書的身影，縱然平生大志能實現，那功成名就的喜悅，要與誰分享共有？

「張君瑞啊張君瑞——」，張君瑞不停自思自忖，迴廊獨立好生懊惱：

「你這可真到了無計可施、無藥可醫、無路可走的地步了！」

日近，長安遠；長安近，伊人遠。

5. 妳是否也有一點點動心

紅娘回到小姐閨房的時候，高牆搖葉影，日已近黃昏。

「怎麼這時候才回來?」鶯鶯放下手裡針黹*問進屋的紅娘。

紅娘回道:「先到老夫人那兒回話稟報，再幫著收拾些事，就到了這時候了。」

小紅娘齒牙伶俐，心眼活，遇事謹慎，很得老夫人歡心，自幼與鶯鶯一同居處，名為主僕，情同姐妹。

「回小姐話，法本和尚說二月十五，是佛什麼供

*針黹：指刺繡、縫紉等工作。

日，請夫人小姐拈香。」

「知道了。」鶯鶯答。

突然紅娘的眼睛骨碌碌一轉，臉上漾著詭奇的笑容直盯著鶯鶯看，鶯鶯說：

「我臉上有未抹勻的胭脂嗎？」紅娘笑而不語。

「莫非妳又闖什麼禍去鬧歡郎了？」紅娘還是文文笑著。

「不說？再不說，我便也不喜聽。」紅娘突然靠近鶯鶯，在鶯鶯耳邊神祕的說：

「小姐，我對妳說個好笑的事。咱們昨日庭院前瞥見的秀才，今日也剛好在方丈那兒，我與方丈說話，他直盯著我看，聽得分外仔細。我告辭的時候，他已等在門外那迴廊隱密處，擋我去路，深深鞠躬作揖。」

「奇了，那秀才為何作此，他說些什麼？」

「那秀才一開口就問——」紅娘亮起眼，遲疑了會兒。

「問什麼？」

「那秀才一開口就問：『小娘子莫非鶯鶯小姐的侍女紅娘？』然後再說：『小生姓張名珙，字君瑞，河南洛陽人，年方二十三歲，正月十七日子時出生，並不曾娶妻。』」

「誰教妳問他這些？」鶯鶯急說。

「誰問他來著？全是他自己說，他還問：『鶯鶯小姐常出來嗎？』」

鶯鶯粉臉一羞紅，忙說：「妳還不罵罵他？」

「豈只『罵罵』，是罵他個頭都抬不起來。」鶯鶯默然。

「小姐，我不知他心裡想些什麼，但覺得這世上怎會有這等傻蛋，當然得好好罵他一頓。」

「那，他長得怎麼個樣？」

「好個俊秀書生，書卷滿身掩不去一股英氣。」鶯鶯腦海，依稀有那天園門外，玉樹臨風的書生身影。

「這事，有告訴老夫人嗎？」

「不曾。」

「妳以後，甚至永遠，也不必告訴老夫人，知道嗎？」

「小姐，妳放心就是。」紅娘乖巧的說。

主婢二人調停打點，吃飯喝茶，時近二更，鶯鶯吩咐紅娘：

「天色晚了，紅娘，安排香案，咱們去花園燒香去吧。」

鶯鶯與紅娘每晚晚妝、添衣後，有時去陪侍夫人一會兒，然後便移香案在院中，夜夜焚香夜禱。今晚月出東山，花陰滿庭，一如往昔。

她二人只是不知，今晚，並不同於往昔。

有人隔著牆、側著耳、躡著足，潛潛悄悄的留意聽著她們的一舉一動，已經從黃昏未到，一直等候到明月升空了。

「呀！」角門開啟。

對住進西廂守候多時，心急如焚的張君瑞而言，這一聲響，是普天下最清心、最醒腦、最可愛、最動聽的好音律。

他早已觀察好地形，牆邊恰有一塊又大又穩固的太湖石，人站在上頭，剛好可以看到隔牆動靜。前日驚鴻一瞥，恍如仙人，今日一定要將意中人看個久、看個緩慢、看個足夠，以償自己滿滿的相思苦。

張君瑞在太湖石上一站妥，就聞到微風傳來一襲淡淡的衣香，令他好一陣迷醉，微踮起腳尖仔細定睛一看：月光下，伊人遠遠佇立，

高雅飄逸像甫出廣寒宮月殿的嫦娥，只聽得環佩叮叮噹噹輕響，伊人由花木掩映的芳徑，款款走近。

張君瑞心中忘情一呼：「真好女子！」

雖是遠看，但看得從容，張君瑞覺得鶯鶯身形窈窕，行走時婀娜有姿，別有一股風流，宮樣的高髻斜斜墜著，臉龐兒似乎比那初見時更見嬌媚。

「紅娘，拿香來。」鶯鶯的聲音傳來。

張君瑞將腳尖踮起更高，想聽清楚鶯鶯祈禱些什麼。

鶯鶯說：「第一炷香，但願亡過父親，早登西天淨土。」

「第二炷香，但願母親，身體安康，百年高壽。」

「這第三炷香——」

鶯鶯沉吟一會兒，繼而良久不語。

紅娘在一旁說：「小姐，為什麼妳每次到第三炷香，就沉默不語？讓紅娘我替小姐妳禱告吧！」紅娘上前，雙手合什在胸前，正色的禱告：

「但願小姐匹配的夫婿，才學蓋世，狀元及第，風流人物，溫柔性格，與我小姐鶼鰈情深*，百年好合。」

「別胡說！」

* 鶼鰈情深：比翼鳥、比目魚雌雄相隨、感情深厚。形容夫妻恩愛。

「難道我猜錯了嗎，小姐？」紅娘閃個身，抿嘴一笑。

鶯鶯拈香深深一拜，低語一句：

「心中無限傷心事，盡在深深一拜中。唉——」

牆頭邊的張君瑞心中一動：「小姐，為什麼妳竟會有此長嘆呢？」

天空雲清霧薄，園子裡香煙人氣，天地一片氤氳。張君瑞遠看佳人，心中無限憐惜：

「如此長嘆，心中必定有許多感受，卻不能對人說出，我何不試著吟一首詩，看她如何回應？……今晚月色朦朧，花影叢叢，在這樣的夜晚，我只見天上明月，卻不能親近如月中嫦娥一般美麗的人兒……，好，就這樣。」

張君瑞於是就眼前情景，成一首詩：

月色溶溶夜，
花陰寂寂春。
如何臨皓魄*，
不見月中人？

*皓魄：月亮。

「呀，有人在牆頭吟詩！」鶯鶯一驚。

「隔壁西廂怎會有人居住？是了，聽這聲音好像就是那個傻蛋，小姐別怕，他自己討我的罵，讓我再罵他個痛快，趕他離開！」

「慢點。」鶯鶯阻止正要向著東牆開口罵的紅娘。

「這真是一首清新的好詩。紅娘，我依照原韻和一首。」鶯鶯和道：

蘭閨深寂寞，
無計度芳春。
料得高吟者，
應憐長嘆人。

張君瑞驚喜萬分，不僅萬幸於對方有回應，更讚佩鶯鶯小姐才思敏捷，酬韻和詩如此之快，這一陣子，神魂顛倒於鶯鶯小姐絕代的風姿裡，沒想到，鶯鶯小姐竟冰雪聰明，隱藏著才學，「我張君瑞是燒了幾輩子的好

香，才能遇此佳人！」

尤其在詩中，女子坦白吐露內心的寂寞情懷，她用詩在說：「我想，隔牆那位吟詩的才子，你應該懂得我這位長聲嘆息女子的心情，你應該懂得的，是吧？」張君瑞越想越激動：

「小姐與我心靈相通，將我當知音了！」

不枉費這陣子氾濫的相思，張君瑞拽*起衣角跳下太湖石，直衝到門邊，「就讓我倆面對面和詩到天明吧！」一陣慌亂拍門拉門聲，讓機警的紅娘猛地拉起鶯鶯，轉身快步返回閨房。

張君瑞開門闖進別院，只見花影動，撲刺刺宿鳥驚飛，被急快步履驚動的花，瓣落紛紛。未收的香案，香煙仍裊裊。

張君瑞知道，今晚又會是一個失眠的夜晚，相思就相思，他已習慣相思，早就遺忘睡魔長什麼樣，只是，今晚，小姐，……

妳是知道有我吧？我是妳的知音嗎？兩首詩分分明明，啊小姐，妳，是否也有一點點動心？

「那妳又何故要將我懸得半天高，再將繩索一鬆，教我重重落下地？」

相近而不能相親，唉，這是世上最遙遠的距離。

6. 美麗不是我的錯

二月十五日釋迦牟尼佛入大涅槃*日，佛寺舉行法會，並修齋供佛。這日若善男信女來參與法事，必獲大福報。十四日午後，佛相莊嚴輝煌，普救寺裡幡旗架起，經書擺定，蠟燭、鮮花、水果色色俱備，鐘、磬、鐃、鈸、木魚等法器一一排列妥當，只等五更到，梵音就要奏響。

三更鼓板響過，等不到五更天明，張君瑞已在大雄寶殿四周踱步數十匝，明月大如輪，從廟宇飛簷升高，碧綠色琉璃瓦，月色下迷濛如薄煙籠罩。

信步繞過廚房，張君瑞看見廚房外邊牆有人席地而坐，是個和尚，不由得走近探問：「敢問大師法號？」

只見這和尚一絡頷頰的腮鬍，撒開腳坐在地上，月光下正大口喝酒、吃肉，衣袖拭淨嘴角，大聲回道：

「你沒聽過，普救寺裡有一位不會看經、不會禮懺、不清不淨、只有天生大膽的惠明和尚嗎？」

「在下張君瑞，不曾見過。」

「你來早了，法會要五更才開始。」惠明自顧自

* 拽：挽；拉。

* 入大涅槃：指佛度世已畢，歸於圓寂。

吃酒食肉，見張君瑞並不離去，揩下嘴又說：

「怪，看你一介書生，怎沒被我這個酒肉和尚嚇傻、呼怪？」

張君瑞笑道：

「吃齋又修心、吃齋不修心、不吃齋修心、不吃齋不修心，吃不吃齋與心，何干？」

惠明正正容色，移開入口的一塊肉，打量一下張君瑞道：

「難得一個秀才不酸腐。」

「現在離五更天尚早，你何不到方丈那吃茶等候去？」惠明說。

「心中有事繫掛，並不清靜，所以無心喝茶，在此看你喝酒行嗎？」張君瑞老實回答。

「一髮一煩惱，你看，出家人頂上無毛，斬斷紅塵三千煩惱絲。」惠明用油滋滋的手娑摩自己的頭，再猛力拍三下。

「難得一個和尚好爽快！」張君瑞哈哈大笑。惠明手口不停吃，腳一勾，勾起一旁小竹凳，在腳尖滴溜轉幾下，腳心一踢，小凳端端正正落在張君瑞腳邊。

「好身手，真人不露相。」

「自古無明煩惱只三字：貪、嗔、

痴，先生，莫非英雄難過美人關？」

「為伊人，唉，為伊人，梨花別院深幾許……。」張君瑞唏噓不已。

「你說的是那……。」惠明瞭然，大笑，斟滿一杯好酒，舉杯：

「敬佳人！」仰頭一口飲盡。

法器動，誦經聲海潮一般波波湧生，香燭煙氣開始彌漫，四更過後，善男信女陸陸續續來到，人越集越多，法本吩咐了下去：「待天明了請夫人小姐來。」看見等在一旁、心不在焉的張君瑞，法本要他先拈個香，並且叮嚀：「夫人問起，你就說是我的遠房姪子。」

法鼓鐃鈸齊鳴，好像在殿角響起二月的春雷，四周鐘聲佛號一片，好像滿天風雨齊齊灑在松樹林梢。法聰跑進來在方丈耳邊說了句：「老夫人、小姐到！」法本立即起身相迎。紅娘攙扶老夫人與小姐，由殿門慢慢走近。

法本一靠近，立即兩眉直垂，兩眼發直。

主持法事的首座和尚，失了神，把法聰的光頭看做磬，一直敲個不停。

唱誦的和尚亂了拍的、掉了詞的、失了調的、啞了聲的，個個面紅耳赤、慌慌張張，將佛經誦個七零八落，真到了所謂滿殿「天花亂」的景況。

好絕豔的人兒！好典麗的妝扮！好魔迷的舉止！

善男信女們唸經的白張口、拿香的燒痛手、點燭的燃不著、提籃的花果落一地，老的少的、村的俏的、站的跪的，無一不神魂顛倒，明明小姐都走過去了許久，但那陣清淡香氣，還像股迷魂香似的，讓人久久回不過神來。

「小姐請拈香。」

鶯鶯祭拜亡父，無限心傷，眼神濛濛，動人的珠淚，像珍珠斷串一般顆顆掉落，噙在眼角的，像花瓣尖兒的一滴露珠，要落未落。法本以袖蒙臉強迫自己不要再看，和尚們個個亂了手腳，信眾們呆若木雞，該續的燭未續，該換的香未換，全只因——

貪看鶯鶯，燭滅香消。

張君瑞站供桌旁，近近睇視著鶯鶯。

第一次，驚鴻一瞥。

第二次，月下朦朧。

這一次，他終於可以為她一筆一劃畫下容顏，小嘴紅豔豔，直直的鼻子如美玉雕塑，眉眼風流嫵媚，眼梢斜斜飛插入鬢，小臉淡淡梨花面，身量輕盈楊柳腰。

滿座瘋狂中，獨有張君瑞懷著驕傲的、神聖的清醒：

「眾人只知崔鶯鶯的美麗，獨我張君瑞了解她的內心；眾人只知崔鶯鶯的高貴，獨我張君瑞了解她的寂寞；眾人只知為崔鶯鶯瘋魔一場，獨我張君瑞為她費盡心思；眾人只知崔鶯鶯是相國千金，獨我張君瑞知道她是月下『長嘆人』。」

眼睛始終不離鶯鶯，張君瑞不停在心中禱告：「小姐，妳看到我了嗎？我是個多愁多病身，只為妳傾國傾城貌。」

「小姐，牆頭『高吟者』在這兒，妳看見了嗎？」

剛才扶鶯鶯就位時，紅娘對鶯鶯呶呶嘴，在她耳邊悄悄說：「瞧！那『不曾娶妻』的傻蛋也來了，就站在法本老和尚身側那傻個兒。」

崔鶯鶯拈香行禮，淚眼氤氳中，用眼角餘光已將張君瑞看個分明：

斯文淨白的相貌，想必性情兒也溫和安定；清秀中隱含幾分軒昂的英氣，想必日後會有大作為；那日牆頭作詩，詩情如此敏捷，想他學問文章必定有如滿天星斗般煥發燦爛。可憐他在紅娘眼前，只是一片傻氣。

老夫人眼睛往張君瑞身上一看，法本立即叫來張君瑞：

「老僧一句話敬稟夫人，這是我的遠房親戚，要上京城去趕考，因為父母雙

亡，無以回報親恩，知道有此法會，便央求我為他亡過的雙親超薦，我感念他一片孝心，就作主應允了，恐怕夫人見怪。」

老夫人說：

「超薦父母，是樁好事，我怎會責怪？叫他過來與我相見。」

張君瑞行禮如儀，老夫人隨口寒暄，問些身家背景。張君瑞一邊回老夫人話，一邊在心中想著，「鶯鶯小姐必定是看見我了。我懂妳的深閨長嘆，小姐，妳可知我的一片痴心？妳對我必定也有情，妳聽得到我心裡的聲音嗎？」

問答中，鶯鶯的心不知道為什麼噗通噗通跳不停，她在害怕什麼？擔心什麼？聽張君瑞說話，條理清楚，應對合宜，才讓她放下一顆心。

天亮了，老夫人與小姐要回去了，臨走前，鶯鶯眼神帶勾，刮帶了一下張君瑞的眼，張君瑞且驚且喜。眾人貪看鶯鶯，又是一片喧嘩吵鬧，法本直對著失控的僧徒罵：「不受教的兔崽子！今天絕對要論過嚴懲！」

法聰說：「師父，你自己明明也漏翻好幾頁經文。」

法本大力搥打法聰的光頭：「你討打！」

趁亂紛紛的時刻，紅娘附耳對鶯鶯說：「那傻蛋今天一點都不傻了！」

擾嚷了一宵，月已沉，晨鐘響起，道場散了，惠明在廚房邊牆睡得鼾聲正大作。

第二卷 英雄玉成兒女事

1. 可以很溫柔也可以很勇敢

名聲像棉花飛絮，隨風四處飄揚，颺上天、飛過原野、棲在屋宇、掛在樹梢⋯⋯，也可能落在汙濁穢臭的糞坑。

崔鶯鶯的美，傳到了鎮守河橋的孫飛虎耳中。

唐朝德宗在位時期，朝政腐敗，天下混亂，武將擁有兵力，往往割地為王，自立山頭，他們只各圖己利，並不效忠中央，對屬地的百姓更是殘暴欺壓、為所欲為，他們是官兵，也是強盜。這孫飛虎便是武將丁文雅的手下，奉丁文雅的命令，帶領五千人馬，鎮守在蒲州附近的河橋一帶。

孫飛虎平日魚肉鄉民，作威作福，近日不斷聽說崔鶯鶯有傾國傾城之貌，直令他心中蠢蠢欲動，想討她回來做壓寨夫人，得知她扶柩暫居數十里外的普救寺，孫飛虎心中大喜，「擄掠崔鶯鶯為妻，我平生心願足矣。」即刻率領五千軍隊，沿途打家劫舍，濫殺百姓，一路朝普救寺殺去。

那一日，法聰清晨起床作早課，聽見鳴鑼擊鼓、搖旗吶喊，看見門牆外千百光點閃爍，走出山門，嚇得返身就逃，扶著法本登鐘樓一看，不得了啦！普救寺被軍隊團團圍個鐵桶似的，那閃閃發亮的星芒，就是士兵們拿在手上的刀槍戟槊。

法本嚇得連滾帶爬下鐘樓，躲進方丈室，抖索得不知如何是好，不一會兒，聽得山門外又一陣鼓譟叫囂，原來孫飛虎派個偏將帶數十嘍囉，捧著黃金牲禮直接踢開廟門，大搖大擺進得廟裡來了。

法本虛軟得幾乎站不住，垂著頭，聽那偏將「啪」的一聲，滾環大刀放桌上，大聲說道：

「我今天是為孫將軍來下聘的。」聽完事情的來龍去脈之後，法本好不容易將話說完整：

「請回覆、覆、覆孫將軍，這事老衲不、不、不能作、作主，待我稟、稟告老夫人，再作……」

偏將將滾環大刀提起，再重重拍在桌上：「稟告玉皇老子也沒用，人，我們是要定的，你去打探打探，這方圓百里，有孫將軍想要而要不到的東西嗎？崔家千金與孫大將軍，郎才女貌門當戶對，有什麼好稟告的，限明日午時之前，將小姐送來，否則，血洗普救寺，一個都不留，再一把火燒個整座寺廟只留一堆灰燼。」

說罷，揚長而去。法本好不容易回了神，知道事態嚴重，急急往梨花別院踉蹌奔去。

崔老夫人在內堂，早起就聽得山門外喊殺連天，已感到訝異不解，又見到法本急促促跑來，面如白紙，心知有異，不由得渾身繃緊。

當法本一口氣將事情如此如此這般這般說完，下一口氣還沒來得及喘過來，老夫人已咕咚一聲癱軟在地。

歡郎、法聰好不容易扶起老夫人，老夫人神兒一回來，立刻放聲大哭！

「我的兒呀！妳怎麼會如此命苦！一個相國之女，怎能配此流寇盜匪！長老，你拿個主意，救救我們母

女！」

「我們長老自己腿都軟了，那還有主意。」法聰插嘴。

「禿奴，你少說一句好讓我多活一年。」法本對老夫人無奈答道：

「也許這是劫數難逃，我也沒有一點辦法！」

「如此怎麼得了，怎麼得了，長老，不如我們一起到小女房裡商議！」

梨花別院深深處，鶯鶯與紅娘尚不知晴天忽然起霹靂，美麗也會招惹事。

自從前日道場與張君瑞相見，鶯鶯並沒生病，但是精神懶懶懨懨，很少進食，成天昏昏的睡，模樣兒消瘦了一些。有時見她沉思不語，有時又一陣羞紅了臉，讓紅娘不知如何才能使她開懷，只好亦步亦趨的照顧著鶯鶯。

「紅娘，妳不必影子般跟著我，老夫人看得我還不夠嚴嗎？妳也要這樣監視我嗎？」

紅娘連忙辯解道：「不不不，我是擔心小姐，怕小姐有了閃失。」旋即換上委屈的口氣：「我對小姐，這一向……誰知小姐還不信任我，我這是何苦來哉？」

鶯鶯自覺有虧，柔緩了語氣說：「紅娘，我並非惱妳，只是心頭憂悶，妳知道，從前父母親要我見個客人，我總是不給人好臉色看，甚且連親戚，我也不喜歡照面，偏偏遇見了那人，一見面就覺得無比親切，他寫的詩，字兒美、韻兒諧，想他滿腹才學，不知是多少個寒窗苦讀的日子換來的。」

紅娘說：「小姐情思不快，別人不知，我倒是能猜到幾分，但一點法子也沒有啊！」於是整整床榻，對鶯鶯說：「不如今日將棉被兒用蘭麝熏得香香的，好讓小姐睡得好些。」

正熏起麝香，法聰、歡郎攙扶著法本與老夫人已匆匆到來。

「我的孩兒，妳知道嗎？——」一跨腳進門，老夫人就將事情一五一十說了。

鶯鶯頓時五內轟雷，神魂離殼。

老夫人又開始唏唏索索哭了起來，紅娘急得一旁直抹眼淚，法本頹然在椅子上，法聰、歡郎苦著臉。

「一女怎可嫁二夫，何況他是個凶神惡煞，說是不依他，普救寺一把火燒個乾淨，三百僧眾一個也不留，我的兒呀，我苦命的兒呀！」老夫人說著說著又掩面放聲大哭！

「我年過半百，死不足惜，可憐我的兒還年少未出嫁，就要遭此橫禍，天啊！」滿屋子愁愁慘慘，呼天搶地，奇怪，那鶯鶯並不呼、並不喊、並不鬧、並不哭，她坐在床沿，緩緩直起身，端正了臉色，神情越來越堅毅，開口一字一字清晰的對眾人說：

「母親，就、將、我獻給那賊人吧。」

眾人一片愕然，好一會兒才確定聽懂鶯鶯的話。

「這怎麼可以？豈不辱沒崔家家譜！」老夫人慌得抬起老淚縱橫的臉。

「聽我說，將我獻給那賊人，原因有五：第一，免得母親受辱受驚嚇。第二，免得普救寺成為灰燼。第三，三百僧人平安無事保性命。第四，父親的靈柩可安穩。第五，歡郎雖是小童僕，自幼就在崔家，雖是未成年，可收他為義子，傳崔家後代，母親晚年也有依靠。」鶯鶯決絕的說：

「用我一個人，換大家的命。」

「使不得！使不得！」大家異口同聲，亂成一團。

法本心中暗暗佩服：「沒想到一個嬌弱千金小姐，有此氣魄，亂糟糟時節，尚能將事想得仔細，將話說得分明。」

「不這樣就只有另一條路，給我白練一條，讓我上吊自盡，再將我的屍首送去給那賊人。」

紅娘哭得不可抑遏，急切切的說：

「只有這兩個辦法了嗎?就沒有別人可以商量嗎?何不一起到大殿,問寺裡所有僧人、俗人、出家、居士,大家一起出主意,看誰有高見。」

法本說:「可行!可行!」

老夫人哭著說:「僧人、俗人、出家、居士,只要能退賊兵的,我作主,就將女兒許配給他,門不當戶不對也強過陷入賊手。」

法聰小聲說:「和尚也嫁喔!」法本敲他頭:「呸!你也配!」

旋即大聲吩咐:「法聰,還不快去敲警鐘聚集眾人!」

2. 危機就是轉機的開始

大殿滿滿是人,人人面有憂色,鴉雀無聲。

法本訴說事情原由後,激動的說:「崔相國是本寺大施主,我們怎能坐視相國的後人,為賊人所汙辱?凡寺中僧俗,能提出退賊妙計的,崔老夫人作主,願將鶯鶯小姐許配為妻。」

殿前轟然一片,嗡嗡不絕,但並無人獻出妙計,殿角有一人趨前舉手,朗聲說道:「我有一計,可退賊兵。」

滿殿譁然,老夫人定睛一看,原來是那天法會見面的秀才。

法本說：「稟夫人，這秀才是老衲的遠親。」

「秀才有何高見？」老夫人忙問。

張君瑞說：「稟夫人，重賞之下必有勇夫，賞罰分明，言而有信，此計必定奏效。」

「但望脫困，絕不食言。」老夫人回答。

看張君瑞自信滿滿，法本忙說：「讓我們進內屋再詳說吧！」

法本連忙請老夫人入內，再領著張君瑞隨後趕到。

眾人來到梨花別院的廳堂。

「秀才請明說。」老夫人忙問。

「這計策，首先用得著法本和尚。」

法本忙不迭搖手說：「不，不，不！老衲並不會武功，請先生換個人吧！」

「別怕！不是要你去廝殺，是要你出去與孫賊說，老夫人有令，說是小姐服喪期間，孝服在身，不能立即鳳冠霞帔當新娘，孫將軍要做女婿，得先退兵一箭之地，等三天後功德圓滿除了喪，拜別相國靈柩，改換禮服，然後

才好好的送去給將軍當夫人。假如明天就送去，一來小姐孝服在身，有違情理，二來服喪入軍伍並不吉利，恐對軍心不利。這事，需要你親自去對賊人說。」

法本問：「那三天後呢？」

張君瑞侃侃而談：

「小生有一結拜兄弟，姓杜名確，帶兵森嚴，驍勇善戰，外號白馬將軍，他率領十萬大軍，鎮守蒲津關，待我寫一封求救書信給他，他必來相救。」

法本大喜，對夫人說：「白馬將軍作戰如神，中州府一帶遠近馳名，若白馬將軍肯來相救，來一百個孫飛虎都不怕！老夫人，放心，我們有救了！」

老夫人屈身行禮，忙被張君瑞扶起，嘴裡不停說著：「如此多謝先生，多謝先生！」

屋裡大計底定，只待法本去一趟敵營，張君瑞大處小處都思慮得到，正交代法本何事不可說，何處得留意。

廳堂門外，隔牆有耳，紅娘奉鶯鶯命令，來回打探著大殿景況隨時回報，當紅娘看見朗聲獻計的人竟是張君瑞，歡喜難當，立即飛奔回屋稟告鶯鶯。鶯鶯按捺心中欣喜，心裡不斷低語著：「總算我沒看錯人！總算我沒

看錯人！」命紅娘再探再回報，當得知白馬將軍之事，鶯鶯忍不住撫掌稱讚：

「好個秀才，聽他運籌好周詳，寫下那救命的求援信，真可說是：筆尖橫掃五千人，胸中自有甲兵。」

心放鬆，一日的沉重疲憊忽然全身湧滿，有人可依靠的感覺原來這般甜蜜美好，秀才，有事你擔，萬般全託付給你了，身一輕，鶯鶯竟倚枕沉沉睡去。

黃昏過，曉星升，法本帶回孫飛虎的一句：「依言退兵一箭之遙，限你三日送人，若不送來，你寺裡人人都得死，個個不能活！」

法本順利達成任務回來，催促張君瑞說：「賊兵退了，先生快寫求救信！」

張君瑞說：「信早已寫好，只是需要一個能殺出重圍的送信人。」

法本搔著頭，直思索寺內有誰懂得武功？法聰呼喚：「師父……」

法本說：「你成事不足，敗事倒有餘，給我閉嘴。」

法聰說：「師父，我是說廚房裡的惠明，他天天打人練拳，上回我挨他一拳，痛了好幾個月。」

「是啊，惠明和尚是個不二人選。」法本轉身對張君瑞說：「敝寺有個古怪和尚法號惠明，不唸法華經、不禮梁皇懺，更可惡就是不吃素齋，日日喝酒與人打架，沒人是他對手，他天生是個反骨，你規定什麼他就偏不做什麼，幾次連老衲都想打，真氣死我也。不過，他天天倒是劈柴挑水，苦重的活從不推卻，一身拳腳好功夫，身體練得銅筋鐵骨似的。」

「老衲有一計，咱們不妨故意說道，寺裡四處尋人送信，但誰都可以，就不許那惠明和尚去，讓那說不就偏要，說左他偏要右的反骨，自動跳進彀*裡來，我們便順水推舟，此計如何，先生，咱們一起廚房走一遭去。」

穿過迴廊，走過鐘樓，張君瑞三人腳步急急，走向廚房。

3. 識英雄才能惺惺相惜

一行人到了廚房，法本止步，只在門口藏頭縮尾，不敢進去，張君瑞走進廚房，對惠明說明今日普救寺之圍。惠明點點頭表示早已知曉，然後張君瑞雙手一抱拱：「惠明和尚，望你大慈大悲，解救蒼生性命！」

門口法本出怪聲制止，法聰伸頭，用手圈口提醒：「先生，你忘了，方丈剛才教你的，不是這般說詞。」

張君瑞不理會法本、法聰，繼續對惠明說：「和尚救命！我有書信一封，要向白馬將軍討救兵，縱觀全寺僧俗，唯有你的功夫，方能夠衝破敵陣，送此信到白馬將軍轅門*，順利達成任務，此行攸關數百人命，但望和尚成全，請勿推卻。」張君瑞深深一揖。

惠明道：

「先生，假若你與門外那跳樑小丑是同路人，我是絕對不同意的，唯真誠才能成事，就憑你的坦誠相見，此事，我一句話，擔了！」

張君瑞喜出望外，連聲道謝，叫進門口的法本、法聰一起進來言謝。惠明問道：「本來套好的詞兒、梗兒是怎樣的版本？」

張君瑞笑著解圍：

「法本和尚知你武功不凡，要我使用激將法，說是越不叫你去，你才會爭著要去。」

「目光如豆的一群禿奴，狗眼看人低。」惠明忿聲說道：

「一年之前，我手刃一名魚肉百姓的貪官，略有內傷，逃來此地掛單*養傷，以躲緝捕的風聲。方丈僧眾總以我不持齋素，就百般嘲謔責怪，齋素、齋素，齋素就能讓人起慈悲心？齋素就能讓人生光明心？齋

* 彀：範圍。
* 轅門：將帥的營門。
* 掛單：僧人投宿寺院。

素就能讓人持平等心?這寺廟也是個小世間,乾淨的自然乾淨,骯髒的也不少。」一番話說得法本抬不起頭。

「我練武管定不平事,戒刀殺盡不義人,不過就是厭煩細瑣雜碎、不喜拘束罷了,在此地,怎個就被如此刻薄無禮的對待?」

「其實素齋、經文、和尚我都是敬重的,我厭惡的是,凡事只從表面去看,名與實並不相符的虛偽。」

張君瑞說道:「我早知你是個錚錚血性的漢子,果然不差。此同心退賊的時刻,大人大量,敢請不計小節,不要見怪。」

法本、法聰一同合什欠身,慚愧致歉,惠明一聲「阿彌陀佛」,前嫌盡釋。

「我人在廚房,心裡始終在盤算,只是苦無良方,秀才,難能的你有此高明妙計,我惠明敢不赴湯蹈火?丁文雅割據一方欺壓百姓,使哀鴻遍野、民不聊生,我早就想殺那廝,如今他縱容屬下孫飛虎幹下這下流勾當,平日的燒殺擄掠我還沒找他算,癩蛤蟆想吃天鵝屁,竟想糟蹋相國千金,這貪婪淫棍人人可殺,這世間才有個正義天理。」

張君瑞問:「你獨自去?還是需要人相扶助?」

惠明拿出戒刀，脫下袈裟，回道：

「要什麼人助？我惠明經怕讀、禪懶參、法怕談，但戒刀時時亮閃著星芒，放心，和尚我一身是敢。」

「要為你準備什麼嗎？」

「快馬一匹足夠了，我出寺之時，要沙彌們敲起鐘、撞起鼓，直到不見我煙塵為止，孫賊若問，就說是寺裡有和尚害怕了脫逃，鐘鼓以示警等等胡亂搪塞他。秀才、方丈，你們放心，我此去殺出重圍，不會手軟，書信在人在，書信亡人亡，這書信，我擔保送交到白馬將軍手上。」

張君瑞、法本、法聰齊聲拜謝：「多謝惠明和尚義助！」

「菩薩低眉是一種慈悲，金剛怒目、除惡務盡，也是大大的善知識，此行，一為蒼生救苦除害，二來也為秀才你的姻緣鋪好路。」

一把接過書信，揣進懷裡，左右正反仔細端詳並把玩了一會兒手中那把戒刀，在刀環處綁上長長紅布條，將布條撕成綹綹細綬，再反手插刀於背，惠明對張君瑞告辭：

「此去之後，就索性當個行腳和尚，雲遊四方去了，不再轉回普救寺。先生日後得功名，能視民如子，憂樂為民，就算是對我和尚的答謝，將來聽說江湖有一酒肉和尚，專取天下貪官、不義人首級，先生便知是我！保重！」

二更時分，普救寺於靜夜忽地鐘鼓大鳴，回聲在山谷裡來回不停，側門開，黑暗裡衝出一匹快馬，馬上身影壓低身，雙腿一夾鐙*，刀綬飄飄，馬鬃揚散疾馳如飛，月光下恍若神人。

雖然退後了一箭的距離，但賊兵仍以包圍的狀態，環繞在普救寺周邊。惠明選定西北方向策馬急馳。

孫飛虎派去看守西北邊的士兵們，在鐘鼓聲中大夢初醒，來不及反應，懷疑有鬼魅降臨，個個惶懼不安；那輪值守夜當斥候*的數隊人馬，看月光原野，有一怪物飛衝而至，本能的棄甲曳兵向後就逃，一些來不及逃的，回回神，你看我我看你好一會兒，壯起膽再聚攏過來，團團包圍住來騎，一圈又一圈。

只見惠明緩緩抽出戒刀，順一順刀把上繫著的紅布纓綏，單刀高舉，刀鋒跳幾朵星芒，雙眉挑，銅眼圓睜，月光下像是天界羅漢下凡塵，賊兵動也不敢稍動，只聽惠明大吼一聲，賊兵人馬驚慌退避數十步，

＊鐙：馬鞍兩側供踏腳的設置。
＊斥候：偵察敵情的哨兵。

相互雜踏慘死馬下的不算少數。

「還想活命的，先閃一邊。」惠明沉聲說道。

只聽腳步索索作響，有好多士兵退閃一邊去。

旋即，惠明「殺！」聲起，揮動戒刀，左右劈砍，賊兵刀槍俱鳴，一片白色煙塵中，只見紅布纓綬翻飛，單騎來回奔突如有神威，刀起刀落，賊兵應聲而倒，所向盡皆披靡，惠明突破重圍一圈再一圈，待賊營人馬傾巢盡出的時候，惠明已勇猛殺出一條血路策馬急馳，圓月下，勒馬，回頭，看一眼如潮水一般追來的敵兵，再一夾鐙，眾目睽睽之下，成功突圍，揚長而去。

暗的原野，黑的山，晃晃停在半空的武器，千百張呆著的口，月光下遠去的天人神駒。

不遠處普救寺的鐘鼓仍響徹。

4. 稱兄弟當然情義相挺

黃河邊有個蒲津關，地當長安、洛陽、太原之間，自古就是交通樞紐，兵家必爭之地。

唐朝末年，各地有武將欺壓百姓，又有突厥兵常來肆虐，百姓生活苦不堪言，唯有住在蒲津關附近的百姓，得以安居樂業，人人稱慶不已，這是為什麼呢？因為鎮守蒲津關的，正是那赫赫有名的「白馬將軍」。

任誰都還記得，在從前，守城的一聲「盜匪來了！」，

百姓們就得收拾細軟*倉惶逃命，好不容易盼到官兵到來，趕走盜匪，卻仍要搶奪擄掠一頓才肯走，所以一聲「官兵來了！」，百姓們還是得收拾細軟倉惶逃命，到後來，不管他官兵或盜匪，只要是一聲「來了！」「來了！」百姓們就蒙著頭，不分青紅皂白沒命的逃、沒命的跑。

自從蒲津關來了個白馬將軍，先是挖壕溝、築城門，防禦工事修築得固若金湯，接著錄戶簿、編民兵，農閒的時候，教壯丁們武術戰略，以便有事時保衛鄉里。前些年突厥兵來犯，盜匪官兵想搶劫，哪一次不被蒲津的軍民眾人一心的打個落花流水？從此賊人兵馬一到附近，必定繞道不敢侵犯，他們互相告誡著：「有白馬將軍在，不可輕舉妄動。」

難怪這一帶無論老的少的，都常唱著一首歌謠：「蒲津白馬大將軍，妖魔鬼怪不靠近。」

這白馬將軍，姓杜名確，字君實，河南洛陽人。幼年與張君瑞同窗求學，兩人志趣相投，十分友好，於是八拜之交，結為異姓兄弟，因年長幾歲，張君瑞以「大哥」尊稱。

杜確不僅飽讀經書，又修習武學，可說是文武雙

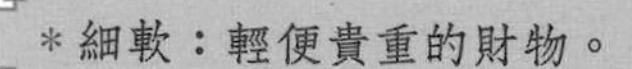
*細軟：輕便貴重的財物。

全，後來他棄文就武，當年高中武狀元，官拜征西大將軍，如今帶領十萬大軍，鎮守蒲津關。

眉如劍，目如星，兩鬢有如刀裁過一般整齊，杜確是少年儒將，帶兵如有神助，蒲津關人人信服。父老們大樹下、廟門口最是津津樂道的莫過於，每當與敵軍作戰難分勝敗的危急時刻，只要白馬將軍一身銀

白鎧甲銀白頭盔，手持通天銀長槍，騎坐一匹烏頭雪白長鬃駿馬「雪飛瀑」，像雷聲後一道銀白閃電那樣，霹靂飆馳出現戰場，兵將士氣一定會大振，敵兵一定會潰敗。蒲津未出嫁的少女們，人人心中盼望能看見「杜郎」一眼，他是她們極其仰慕的春閨夢裡人。

今日，轅門外一片擾嚷吵鬧聲，原來有人硬闖轅門，硬要見白馬將軍，已被官兵擒住，帶入中軍帳來見杜確。

帶進來的，原來是個滿身血汙的和尚，左右衛士大聲斥喝：「見了將軍，還不跪下！」

和尚不肯下跪，雙手護在胸前，左右侍衛竟扳不動他。

和尚揚聲對杜確說：

「如果不是我甘心受擒，就憑你們幾個，能擒我進來？聽說白馬將軍是個英雄，竟一點都沒有識人之明，枉費了那些好名聲。」

杜確知道眼前來了個奇人，制止了左右，朗聲問道：「出家人為何不在佛門，硬闖轅門？莫非來做奸細？」

和尚回答：「我不是奸細，我乃受人之託，忠人之事！」

於是將普救寺危難、張君瑞的計策、自己的星夜突圍，一五一十的敘述一遍，杜確一聽，連忙起身道：

「左右的，快賜坐，那張君瑞是我兄弟，快將書信拿過來讓我過目。」

惠明探探血汙的衣襟，從懷中掏出一封平平整整的書信，不讓左右代勞，親手恭恭敬敬遞上：

「我向秀才保證過，書信在人在，書信亡人亡，這書信，我擔保送交到白馬將軍手上。」

白馬將軍嘖嘖稱讚道：「真壯士也！」

讀完信，白馬將軍說：

「丁文雅不聽令朝廷，又胡作非為，縱容屬下，我早就想帶兵去治他的罪，只是不知他軍力的虛實，正在打探，不敢輕舉妄動，如今賊人囂張猖狂，我兄弟又有急難，我還等什麼！來人，即刻傳令！」左右紛紛傳聲準備。

杜確得空問：「敢問和尚法名？」

「法號惠明。」

「惠明和尚，你先回去，我即刻發兵，等你回到普救寺，說不定我已經擒下那賊子了。」

惠明回道：

「此事萬分緊急，將軍請務必火速趕去！」

於是拱手告別白馬將軍說道：

「普救寺三百僧眾性命得救，秀才與小姐好事已成，那孫賊死日已到，我可以不負所託，將要雲遊天下去也，並不會回轉普救寺！」

白馬將軍道：

「何不留在我軍中，與我一起報效朝廷。」

惠明拱手辭謝：

「世間還有許多事，朝廷沒空管，大官看不到，正適合我這莽漢去管閒事，人各有志，和尚我放蕩不羈，只合浪跡江湖，就此謝過將軍！」說罷，大步離去。

白馬將軍於是祭起中軍旗：

「大小三軍，聽我號令，五千人馬，星夜出發，人人銜枚疾走，直指中州府普救寺，痛宰惡賊，救我兄弟！」

普救寺裡度日如年。

自從那夜二更，惠明單騎突圍，眼看著第三天的期限已到，寺外依然了無動靜。

寺裡耳語四起，隨時間一分一秒消逝，人心逐漸浮動。一大早，老夫人於梨花別院請來了張君瑞，在前廳頻頻探問。紅娘隨時在留心並傳遞消息，鶯鶯在房裡看書、

寫字。

老夫人又問：「那求救信，惠明究竟送到了沒？」

張君瑞再耐心回答一遍：「回老夫人，惠明若失手，賊人早就來興師問罪了，寺外並不見動靜，意味惠明和尚已突破重圍！」

「那孫飛虎為何未來質問？」

「想必守西北角的賊兵恐被懲處，隱瞞了此事。」

「那為何到現在還不見白馬將軍的救兵？」

「時候尚未到，老夫人請再等候。」

「真真急死人，秀才，你倒沉得住氣。」

不久，法本也急急趕來：「那淫賊派人傳話，說是過午時之後，每半時辰向前移動，黃昏時到山門，屆時要我們送出鶯鶯小姐，春宵一刻值千金，別讓他錯過了洞房花燭夜。」

老夫人一聽，又站起身來回急走：

「怎麼辦，怎麼辦？」

法本也忍不住問：「是啊，三日期限已到，先生，為何不見救兵，為何不見救兵？」

張君瑞說：「除非信未送到，否則我大哥必定出兵，雖是第三日，然時候尚早，請老夫人、方丈放寬心，儘管喝茶等候。」

紅娘飛快回閨房，說如此、道這般。說畢，不免仍要問鶯鶯：

「小姐，真像那傻蛋說的沒事嗎？」

鶯鶯回道：「我相信他。」

「可是，第三日了，若不……」

鶯鶯再說一句：「我相信他。」

前廳裡，歡郎提水進來，朝小爐裡添炭燒火，忙著搧蒲扇，忽聽得四周一片奔走喧嘩，更遠處殺聲震天。

「不好啦！賊人殺進來啦！」「快逃啊！」「快將鶯鶯小姐送出去！」……

吶喊廝殺聲越來越清楚，老夫人一干人嚇得面無血色，張君瑞側耳諦聽，寺外喊殺聲隱約傳來：「白馬爺爺饒命！白馬爺爺饒命！我們倒戈投降，任憑你發落！」

張君瑞拍掌大喜：「我大哥來了！」

法本說：「是救兵到了！」

崔老夫人半信半疑：「當真嗎？當真嗎？」

紅娘跑得差點跌跤，踉蹌跌進門，氣都喘不過，大聲歡呼：「小姐，白馬將軍到！」

鶯鶯故作鎮定，更換衣服要到前廳見母親，紅娘「噗嗤」一聲掩口笑，鶯鶯發現，原來自己衣衫反穿了都不知道。

前廳的人都到大殿聽捷報、迎王師去了，廳裡只留歡郎一人，顧守著爐火繼續在煮水，見紅娘扶著鶯鶯進來，隔著水氣對她們說：

「怎麼沒人回來，小姐，妳們來得巧，水正沸開，我給妳泡茶！」

5. 初星下的 man's talk

寺外喊殺聲不斷，寺裡的和尚們有的出山門探頭、有的上鐘樓眺望、有的爬樹上觀戰、有的上屋頂遠看，其餘的來回奔走呼告，大家都在形容白馬將軍如何瀟瀟灑灑指揮大軍、如何四處奔突如入無人之境、如何英勇的斬敵將刈*賊旗，杜字軍旗在煙塵中凜凜飄飄，多麼令人熱血沸騰。

煙塵漸淡，喊聲稍停，前門傳來捷報：「打勝了！打勝了！」「白馬將軍進寺廟來啦！」

一直在大殿等候消息的張君瑞振奮得漲紅著臉，對老夫人道喜：

「恭喜老夫人，託妳的福，賊人被殲滅了。」

法本禁不住連聲唸佛，老夫人高興得又掉淚。忽聽得殿外連聲喊：「白馬將軍進大殿！」

「我大哥來了！」張君瑞喜出望外，迎上前去。

＊刈：割取。

眾軍士尾隨一員武將虎虎大步走入大雄寶殿，他帶領偏將們先向釋迦牟尼佛頂禮膜拜，旋即朝張君瑞一個箭步走近，朗聲揚起：

「兄弟，怎到蒲州不來見大哥？」一把用力抓住張君瑞。張君瑞紅著臉笑道：「大哥，久失聽教，今日相見，恍如在夢中。」

白馬將軍將戰況向眾人略做交代：「孫飛虎那逆賊已被我在戰陣中一槍搠*死，其餘賊兵下馬卸甲、投戈跪地的，我讓他們願意的安插到我軍隊中，不願意的，回鄉歸農種田去。」聽的人無不點頭稱好。老夫人、法本頻頻道謝，老夫人說：「我孤兒寡母窮途末路，以為這次必死無疑，我母女的這條命，是將軍你再造的。」

白馬將軍說：「我來遲了，以致老夫人擔驚受怕，敬請見諒。」眾人又推辭致意了一會兒。白馬將軍接著說：

「賢弟，你為什麼不到我那兒去，要住此寺廟裡？今日就隨我回去。」

張君瑞謊稱自己身體突然不適，本想在寺裡休息數日，等病好了再到杜府拜訪，不料遇孫飛虎這一場胡鬧。白馬將軍又問：

* 搠：刺入。

「聽那送書信的惠明和尚催我火速出兵，說是『普救寺三百僧眾性命得救，秀才與小姐好事已成』，此話怎麼說？」

張君瑞羞赧到頸子都紅了，訥訥的說：

「危急之時，老夫人應允，有誰能提出解救妙計的，就將愛女許配給他，我知道你公務繁忙，不敢有勞你當媒人，小弟的意思是，待我行過大禮後，帶著你的新弟婦，再一起登門去拜見你和大嫂。」

白馬將軍高興的說：

「恭喜，恭喜！賢弟要成家了！」轉向老夫人道：

「恭喜賀喜老夫人，我賢弟才學人品皆佳，是個乘龍快婿啊！」老夫人只道：「將軍可願留下，讓我安排茶飯作東款客？」

白馬將軍道：「投誠的數千人，還等我安排處理，今日不成，改天我再專程叨擾。」

張君瑞說：「大哥，你軍務繁忙，我等不敢久留你，待我婚後，必相造訪。」

白馬將軍向眾人一抱拱：「天色漸暗，各位請稍事休息，讓我和我兄弟單獨敘敘舊，半個時辰後，大軍即啟程出發。」

張君瑞與白馬將軍攜手來到西廂房，天未暗，曉星三、二顆初起，兩人促膝而坐，相對感慨，無限唏噓。那些年同窗共硯，兩人都懷有「窮則獨善其身，達則兼善天下」的大志，數年前家鄉一別，杜確曾對張君瑞說：「志業未成不還鄉，賢弟，我先去長安等你。」

這幾年，天下並不平靜，兄弟二人音信全無，只輾轉聽到杜確官拜大將軍，鎮守蒲津關的消息，在家鄉寒夜苦讀的張君瑞，經常以杜確的成就來勉勵鼓舞自己：「大哥典範在眼前，小弟焉能不急起直追。」

白馬將軍道：「三十壯，而娶；四十強，而仕*，賢弟，你今年想必要雙喜臨門了。但不知弟婦，是何等女子？」

張君瑞掩不住心中的得意：「大哥，你有所不知，你弟婦不僅有傾國傾城之貌，又蕙質蘭心，頗知詩書。」繼而將那日牆頭賦詩唱和一事，向白馬將軍傾吐。

白馬將軍禁不住讚嘆：「賢弟，好個世間女子，你

* 三十壯，而娶；四十強，而仕：男子三十歲時正逢壯年，可以娶妻；四十歲時志氣堅定，可以出仕為官。

有幸遇見。」

張君瑞問道：「英雄事業，兒女情長，大哥，你身邊必也有窈窕淑女匹配成佳偶？」

白馬將軍道：「你大嫂亦絕色，個性極溫婉賢慧，就是於詩書文墨這方面微有遺憾，我們並非不恩愛，只是未有人能與我挑燈剪燭到天明，論文品詩盡訴心事。」

張君瑞問：「我由寺裡和尚口中得知大哥你名滿蒲州，要得一紅粉知己，豈非容易？」

「這些年，我在蒲津一帶浪得虛名，三妻四妾都不難，只是，奇文但得知音賞，我需要慘烈戰場外，一個能悠遊古今、心靈自由翱翔的詩文國度，那裡，不是人人進得來的，絕色易得，知心幾人，賢弟，你是有福之人。」

「能得此佳人，原非我所能奢望，此事多謝大哥以及惠明和尚情義相助。」

「如此說來，你該感謝的大恩人，還有那孫飛虎！」白馬將軍哈哈大笑。

一更天，寺裡僧俗全在山門外送行。

「賢弟，我等你的雙捷報。」白馬將軍說畢，率領大軍離去。塵煙散去，軍隊走遠了，法聰仍張著口，眼神遠望依依難捨，法本會意，在他耳邊說了句：

「想、跟、去、嗎？先每天劈柴挑水練功夫去吧。」

大軍迅速沒去身影，留下滿寺瑰麗神奇的傳說；那惠明和尚是天降的神人，那白馬將軍是一記，狂飆的銀色閃電。

第三卷 情字路上多轉彎

1. 幸福曾如此接近

這一切是真實的嗎？

這三日的經歷與突然降臨的幸福，讓張君瑞一夜之中，屢屢從夢中笑醒，茫茫看著一牆月光，再悠悠回神，然後不厭其煩，一次再一次告訴自己：「是、真、的！」

仍然睡不安穩，但今天早晨的陽光，令人愉悅開心。

近午時分，突然聽到門外有人輕咳一聲。張君瑞問道：「是誰？」

來人答道：「是我。」張君瑞認得是紅娘的聲音，速速開了門。

門口站了個陽光下金金亮著，眉彎眼笑的俏紅娘。

張君瑞躬身相迎，紅娘巧笑吟吟忙回禮，說道：「我奉夫人的命令，特地來請先生……」話還沒說完，張君瑞連忙回道：「我一定到……」

紅娘笑著瞅他一眼，發現今天張君瑞頭戴烏紗小帽，一襲白色細布衣衫，腰間繫著明黃色綢布腰帶，腰帶正中鑲一塊灰潤的獸角，神采分外俊逸明朗，紅娘心中忍不住讚一聲：

「哎呀，這秀才多好看，別說是小姐，連一向笑他傻的我，今天都覺得他分外不同，這秀才相貌好、性情溫和，還能有膽識，真是我家小姐的好匹配。」

紅娘雖心中一派溫柔，但嘴上還是要捉弄取笑：

「『一定到』，什麼是『一定到』？我有說『到』什麼『到』嗎？我話還未說完，你怎麼知『道』？」

張君瑞再拱手作揖：「紅娘姐姐，妳別取笑我了，妳不說，我怎麼會知道？得請妳快指示。」

「是嘛，我以為能獻奇計破敵兵的人，可以聰明到料事如神，事事都能盤算呢？」伶俐的紅娘，一句話既揶揄又誇讚了張君瑞。

「事情是這樣的，今天一大早，老夫人就要我記得過來請先生，說是午時設宴梨花別院，務請先生賞光。」

張君瑞好生歡喜，忙問：「宴席上，還請了那些人呢？」

「不請街坊、不聚親友、不邀僧眾，只邀請你一位貴客。」

張君瑞再問：「那，妳可知道老夫人為什麼要設宴請客？」

張君瑞心中盼望想像著：

一到場，老夫人就表明，這宴會就是為自己和鶯鶯小姐安排的合歡宴，然後，老夫人會說：「你倆喝下這交杯酒，從此相敬如賓，琴瑟和鳴。」自己要懂禮的捧酒回敬老夫人：「小生父母雙亡，此後和鶯鶯小姐一同晨昏定省孝敬岳母，不敢怠慢。」孫賊圍寺期間，老夫人驚惶不已，想必膽小畏怯，小生我一定會上前擔保：「孝道是倫常，我愛屋及烏，必將老夫人當自己母親一般盡孝，讓老夫人妳可安享晚年。」如此老夫人必然欣慰寬心，宴罷，我便可與小姐相偕離去……

只聽到紅娘侃侃回話，打斷張君瑞思緒：

「一來為壓驚：三日的圍寺，嚇得人魂飛魄散。二來為謝恩：想那日賊人像蜂蟻密匝匝湧來，仰仗先生妙計，竟然風捲殘雲一般，賊人一夕空淨。夫人盛意重，先生幸勿推卻。」

「三來，老夫人雖沒說，但是眾人面前親口承諾，誰能退賊兵，便將小姐許配他為妻，先生，我紅娘心想，難道這不會是一場丈母娘見女婿的好宴嗎？」

張君瑞大喜：「紅娘姐，妳可否為我形容那邊的排場擺設？」

「孔雀開屏金屏風，四楞鑲銀象牙筷，老夫人正在等候你呢。」紅娘口中如此說，心中卻想道：「奇了，今天是大好日子，倒不見筵席有特別氣派的擺設，屏風牙筷不過是一般宴客規格……也許，老夫人已將秀才當自家人，也或許，剛剛躲過一場劫難，老夫人不想大肆鋪張，驚動他人。」

張君瑞沉吟道：「老夫人如此美意，小生豈敢辜負，只是我客居在外，無錢財無禮物，如何見老夫人？」

「你的滅寇有功，就是最好的禮物了。請先生不必躊躇，即刻隨我移駕啟程。」

「紅娘姐，那妳先看看我今天可體面？」張君瑞

有些侷促不安。

「行，你今日神清氣爽。」紅娘左右端詳了一會兒張君瑞。

「紅娘姐，小姐今日一定在座吧？」張君瑞再小心翼翼的探問。

「小姐一定在座。」

「那退賊兵的事，她全都知道吧？」

「有我紅娘在，她該知道的，一件也少不了。」紅娘笑道：「瞧你前二天恢弘鎮定，談笑自若，難道，我家老夫人、小姐比那孫飛虎的五千大軍更可怕、更難對付？」頓了一頓，眼睛骨碌一轉，她繼續說了句：「問完了嗎？還有什麼要問的？」

張君瑞說：「沒別的要問的了。」

紅娘指著自己的鼻子說：「沒別的要問的了，那就好好聽我說，明日當了我家姑爺後，別忘了，過河之後，總也要記得那橋梁曾有的辛苦功勞吧。」

張君瑞忙說：「那是當然、那是當然，紅娘姐，小生不敢怠慢。」

隨紅娘走向門口，張君瑞突然又反身站在鏡前顧影拉拉衣衫、忙亂整整小帽。紅娘忍俊不住笑了起來。

從鏡裡映照，看見門外庭園，黃蝴蝶雙雙飛過長長的青草叢，看不見的屋簷下，一對燕子軟語正呢喃。

幸福如此接近，張君瑞對鏡確定這一切不是夢，只消轉過身、跨過門檻、穿過院門兒、越過庭園，就可以遇見幸福，伸手觸摸，再大力擁抱幸福於滿懷。

2. 無能為力的傷心酒宴

鶯鶯今日起身早，在松綠紗窗下細細描畫了雙眉，再將梅花鈿貼妥在眉心，勻勻胭脂，拂拂羅衣上的香粉屑，站起身來，蓮步來到窗邊，倚在窗櫺*閒逗鳥，格窗外的春陽一派燦爛。

紅娘喜孜孜走進來：「小姐，妳今天精神可真好！」走近一看，忍不住誇讚：「小姐，妳的粉臉細細嫩嫩吹彈得破，真是嬌美的可人兒，那張生真有福氣，小姐，妳天生就一副夫人氣派呢。」

鶯鶯說：「妳少胡說八道，妳怎知他有沒有福氣，我有沒有夫人命，和他有何相干？」

紅娘揚聲說：「小姐，奉夫人的命令，我已經將他請來赴宴了，現在是來請小姐的。」

* 窗櫺：欄杆或窗戶上的格子。

鶯鶯聞言心一動，心想：「我相思為他，他相思為我，今天這場宴席，總算可以讓兩人的相思病從此痊癒了，母親那日親口許的親事，今日莫非是喜宴？」但仍不免疑惑的問：「家中宴請貴客，免不了開閣樓搬桌挪椅的，今天怎麼沒見家中有特別的舉動？」

紅娘靈巧的忙打圓場說：「應該是家中才了結一件驚天動地的大事，老夫人不想大肆鋪張吧！」

鶯鶯冷笑一聲：「吝嗇花錢也不必選在這個時候吧，那秀才幫我們家的這場忙，還不值得我們傾家蕩產去回報嗎？算了吧，老太太那點心思，我難道還不了解，怕張羅？她還真省事！」

紅娘忙勸哄：「別動氣，小姐，就要去見那秀才了。這宴席，一為壓驚，二為謝恩，這有一有二的，難道沒有三嗎？難道三不是為結親嗎？今日大喜，小姐，妳寬寬心，先受我的恭賀：恭喜小姐，賀喜小姐，能得此如意郎君。」

鶯鶯理理心情，整整花鈿，兩人相偕跨出房門，穿花徑、拂柳絲，往廳堂一路走去。

廳堂裡坐定了張君瑞，桌上排酒果、列菜

餚，酒已過一巡。

鶯鶯甫跨檻入門的剎那，一抬眼，正正迎住張君瑞痴情凝注的眼，兩人四目一交接，眼神纏綿糾葛無法分開。這數日經歷的波濤凶險，這陣子所有的情情事事，他們以眼神無言閃現，互訴著千言萬語：

「你好嗎」；「有妳在我就安心」
「多謝有你」；「我願意為妳赴死」
「我對你一往情鍾」；「我此生只願有妳」
「你千般風情」；「妳萬種溫柔」
「風波已過」；「相思能償」
「我這一向為你……」；「其實我全都懂得」
「可以與你共效于飛」；「我願生生世世相隨」
……

「嗯喀！」老夫人重咳一聲，頓時驚破夢中人。

鶯鶯款款坐下，張君瑞的眼睛仍無法離開，紅娘站在一旁斟酒侍候，隨時注意著兩人舉止，因為有老夫人在場，任誰都不能失去規矩禮數。

只聽得老夫人開口說：

「我一家人的命都是先生所活所給的，今日準備這微薄的宴席，很不成敬意，也無法回報你的大恩大

德，先生請不要嫌棄。」

張君瑞說：「能敗賊兵，是託老夫人的福，此事已成往事，不足掛齒。」

老夫人繼續說道：「再拿酒來，幫先生斟滿，來，先生你就一口滿飲此杯。」

張君瑞恭敬回道：「長輩賜酒，豈敢推辭。」舉杯一飲而盡。

鶯鶯端莊的坐著，始終用眼睛餘光注意著張君瑞，老夫人轉頭向著鶯鶯，指示著說：

「紅娘，也為小姐斟一杯酒。」紅娘近身正要為鶯鶯斟酒，突然聽到老夫人又加了一句：

「鶯鶯，妳舉起酒杯，敬妳哥哥一杯。」

天地都凝凍，動也不得動。

好一會兒，張君瑞才懂得思考：「這話不妙！」

鶯鶯才能做回想：「娘果然變卦了！」

紅娘的心眼才重新活過來：「呀！慘了，他們的相思沒結局，又要繼續害下去了！」

鶯鶯粉頸低垂，只覺腦門空茫茫一片，身子虛飄飄，雙腳像踩在綿綿的雲海裡無法使力，抬起頭，看張君瑞又慌又傻，呆楞楞一句話也回答不出來，她心一沉，頓覺天地之大，竟無一人肯為我們伸出援手，說句公道話？鶯鶯的眼眶漫起薄霧，淚水慢慢滿溢，

她在心裡恨恨的說：

「母親，妳果真老於世故，『哥哥』？哼，虧妳出得了口，妳存心拆散我們的大好姻緣。」

老夫人面不改色再催促：「紅娘，妳呆在那兒做啥，快為小姐斟酒。」

「鶯鶯，快敬酒。」老夫人語帶嚴厲。

鶯鶯捧起酒杯，酒灑濺了一半，紅娘忙張羅再斟滿一杯酒。

擎起酒，鶯鶯淚眼娑婆，看張君瑞雙眼下垂，癱頹於座位，面容無限哀戚。

老夫人說話了：「先生，請飲下這杯酒。這第一杯酒，多謝你的救命之恩。」

想自己畢竟太天真，竟以為天下的諾言都會被實踐；恨自己太無力，不能當面違抗老夫人的意旨；惱尊卑老幼倫理秩序太分明，誰敢不聽命遵守？更憐惜眼前鶯鶯擎杯的手懸在半空微微在顫抖，張君瑞霍然接過酒杯，一仰而盡。

「第二杯酒；鶯鶯，再敬妳哥哥；這第二杯酒，是為你倆定下兄妹情誼。」

鶯鶯粉臉含悲，淚水不斷在眼眶打轉，遲遲不肯擎杯。

「小生酒量淺，不能再飲。」張君瑞怕鶯鶯為難，也因為了無心情，這被刻意強調的「兄妹」兩字，一字一刀，割得張君瑞心破碎。

「先生怎可推辭？鶯鶯，敬哥哥！」老夫人嚴酷的說。

鶯鶯再擎杯，心中悲哀的呼喊：「天啊，怎能這樣？」酒杯遞送到張君瑞眼前，張君瑞戚目含悲，抬眼注視鶯鶯，用眼神在說：

「小姐，妳當真要我喝下這杯酒，妳當真？」

「鶯鶯妳開口尊稱一聲『哥哥』，敬妳哥哥這杯酒，從此兄妹相稱成一家。」老夫人一旁直攛掇*，張君瑞好不容易伸手接杯，眼神仍在詢問：

「妳當真要我喝？」

突然鶯鶯一失手，將整杯酒打落在碗盤裡，老夫人喝斥：「放肆！成何體統，還不快回屋裡！」

鶯鶯哽咽著扭頭就走，紅娘放下酒壺隨後追去。

這真是一場杯盤狼藉、心碎滿地的酒宴。告辭前，張君瑞借幾分酒意，鼓起勇氣對老夫人質問：

「萬萬沒想到，我張君瑞今天特地到貴府叨擾這幾杯傷心酒，老夫人，我有幾句話不吐不快，請恕我

*攛掇：慫恿；從旁勸唆人去做某事。

直言。」

「你說吧。」老夫人悻*悻然。

「日前孫飛虎賊兵圍寺，欲強娶小姐當壓寨夫人，老夫人當著全寺僧俗宣布，有能獻計退賊兵的，老夫人願將愛女鶯鶯相許配，妳可曾親口說過這些話？」

「我是說過。」

「那危急時刻，誰挺身而出？誰陪伴夫人？誰獻計破賊？」

老夫人訥訥說道：「先生對我家真有活命之恩，但是，老相國在世時……」

「老夫人，妳是在欺騙我吧，今天紅娘來請我，我以為妳一諾千金，要為我與小姐成良緣，不知夫人為什麼，為什麼叫我們以兄妹相稱？小姐何需一位哥哥？我倒是真的用不著一位妹妹，老夫人，敢問妳這是為、什、麼？」

老夫人尷尬的回答：「先生有所不知，老相國在世的時候，已經將小女許配給鄭尚書家公子鄭恆，一女不嫁二夫，古有明訓，鄭恆正在趕來普救寺途中，先

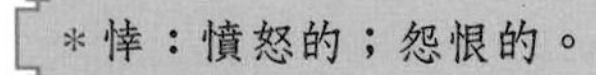

＊悻：憤怒的；怨恨的。

生大恩大德我沒忘，可是我只有一個女兒，你叫我如何是好？」

說罷，叫歡郎拿來一布包袱，遞給張君瑞：「這一筆金帛錢財，當做酬謝，希望先生另選豪門貴家的美貌女子成就好姻緣，你和鶯鶯結為兄妹，各自都有幸福，豈不是更好嗎？」

張君瑞一聽，冷冷的說：「我明白了。只是假如杜將軍不來，孫飛虎得逞，老夫人妳的一女如何不嫁二夫？老夫人妳今天還能坐廳堂擺宴席？妳家小姐的幸福又當何處去找？罷了，多謝夫人賜金，小生無福消受，告辭！」

不等老夫人回應，張君瑞已奪門而出。

跌撞踉蹌的穿越花徑，只覺滿園的蜂喧鳥語都在竊竊私語、戲謔嘲笑自己的痴傻愚昧，張君瑞一陣難受，扶住一棵梨花樹幹，彎腰蹲身嘔吐了一地。就讓自己這樣吧，真不願再站起身，站起身，路又該如何走？日子又該如何過？這一切是作夢該有多好，夢醒，悵悵而已，什麼事都沒有，而自己，一場大夢醒了，卻已經進又無法，退又不能，狼狽不堪的無法全身了！

花徑傳來悉悉索索的腳步聲，有人挨近了：「先生，你少喝一點不好嗎？」

這熟悉的聲音令張君瑞悲從中來，忍不住抽泣的回答：

「紅娘姐，我喝什麼酒來著，妳明明是知道的……」

從未看過一個大男人，像個孩子一般哭泣得如此委屈心傷，紅娘內心萬般不忍，想張君瑞破敵獻計的聰明、臨危難的冷靜、形貌言行的瀟灑斯文、對自家小姐的一往情深，如今卻成此局面，不覺也鼻頭一酸，紅了眼眶。

「小生自從遇見妳家小姐，廢寢忘食，受盡無限苦楚，別人或許不知道，但何曾瞞騙過妳？前日的事，我的一封信是急人之難，本來何足掛齒，只是老夫人堂堂一品太君，金口玉言許下婚姻之約，紅娘姐，這不僅是妳我二人聽見而已，普救寺所有僧俗，以及天上上有的佛天、下有的護法，無不親耳聽得分明，老夫人她怎麼可以說變就變？小生呼救無門，沒有生路了，更可悲妳家小姐竟要我喝下那杯『兄妹酒』。紅娘姐，可憐我寒窗閉戶苦讀十數載，今天要做個離鄉背井傷心死去的飄遊魂。」

紅娘抹抹淚，著實於心不忍，她扶起張君瑞為他撫背順順氣，安慰他道：「先生不要慌亂，你之於我家小姐，我知道的多，了解得很深，前些時候，我們素昧平生，你又莽撞突然，我為了護衛小姐，不免處處提防著你，但經過這些時日，我什麼事都看在眼底，

全然了知於心。今天的事，過錯全在我家夫人，她不該言而無信，以怨報德，這事，我一定會替你想辦法。」

張君瑞如同大海茫茫抓到一根浮木，忙對紅娘說：

「紅娘姐，妳是我的大恩人，這份恩情，我生死都不忘。但不知妳有何辦法，要用何計策？」

「我先問你，先生，耿耿於你心裡的最大顧慮究竟是什麼？」

「老夫人固然是阻礙，但我真切想確定的是小姐的心意，她明明對我也有情，卻為什麼也執起了『兄妹酒』？對橫生在我們面前的這樁風波，她的意向究竟如何，她要作何打算？」

「小姐一回房，就向著牆壁昏睡在床，誰都不理會。我小姐她是個千金小姐，外表嬌貴，性子卻也剛烈，雖然私底下對老夫人作為並不全同意，但官宦人家，知書達禮，嚴守禮法家教，終究不敢違背長輩意願。」

「她對我，是否也如我對她？這婚事，她真的願意作罷？」

「你兩人若能同心，其利當然可以斷金，但總也得先聽到小姐如何說才算數。我家小姐骨子裡有股彆扭氣，有時心裡彎彎曲曲，嘴上說的不見得全是心裡想的，我紅娘的腸子是一根通到底，小姐她的腸子倒是打了千百個結，別人不知，只我才知，她對你應該也有無限情意，只是婚姻之事母命難違，那她究竟有何打算，不妨讓我們來試探她一次。」

「這樣吧，我家小姐酷愛琴音，我在你房裡看過有一張琴，今天晚上，我與小姐少不了花園燒香夜禱，等我一聲咳嗽，你就在牆那頭彈琴，用琴音訴衷曲，看我家小姐有何回應、說了什麼話，我再向先生你稟報。」

張君瑞感激得直言謝，紅娘說：「不多說了，我怕被老夫人知道，要趕緊回去，就這麼說定，先生多保重，告辭。」

張君瑞一人獨立花徑，細細的白梨花瓣飛落如雪亂，紛紛掉落在張君瑞頭臉及身上，張君瑞也不伸手拂去，讓花瓣與皮膚輕觸的感覺，提醒自己心中又深又銳的痛：

天如此高，地如此厚，春日如此明媚，就我一人如此無力又悲傷。

3. 再彈一首綿綿的相思

一個平靜無波，鏡面似的湖。

那時候，父親官途亨

通，新就任宰相的高位，閒暇時，帶著侍衛去郊外打獵，破例讓幼小的鶯鶯同行，過午時分，大夥來到山上一個湖泊邊讓馬喝水，侍衛們撿起小石頭，輪流玩起「打水漂」，他們緊貼水面拋石向湖心，比小石頭在水面跳躍的次數，湖心一波波盪漾漣漪、激起水花，小石子一顆顆打碎水面豔彩繽紛的倒影，伴隨兵士們

一陣陣爆響的歡呼，在這楓林豔紅的秋日山谷，鶯鶯牽著父親的手，仰頭看著含笑的父親，感到無比幸福心安。臨去的時候，父親叫鶯鶯回頭看，適才人馬圍繞、小石躍水、笑聲喧嘩的湖邊，一片靜謐的色彩美，天與山倒映湖面，楓樹將身上所有顏色全都倒進湖裡，鳥鳴的清脆在山谷傳遍。「妳看，山靜湖更幽。」父親

在鶯鶯耳邊說。那天打獵回來，鶯鶯睡得特別香甜，眼一閉上，那彩色繽紛的幽靜湖泊就慢慢浮現……

鶯鶯沒起床，昏昏沉沉睡了又醒，醒了又睡，又沒真正睡得安穩，但清醒著的世界太難捱，她寧願不要醒來。

好久沒夢見父親了，剛才那場童年的真實夢境，讓她醒來時一陣怔忡*，悵惘失落許久，假若父親在世，事情是不是就不會如此荒腔走板？

「爹爹，你會為我作主，你會為我做最妥當的打算，對不對？爹爹，你在哪裡……」背著所有人，鶯鶯暗暗哭泣了起來。

讓時光回到花園初遇的那一天，自己拈花一抬頭，張君瑞恰巧從門口轉身離去，誰也沒有看見誰，誰也不會愛上誰。鶯鶯又流下眼淚……

我要一個平靜無波，鏡面似的湖。

「小姐，該起來了，老夫人差歡郎來問過好幾回了。」

「哼，我死不了。妳怎不回她話，說我的娘親什麼時候成了蕭何了，成也因她，敗也因她，憑她的一張嘴，一邊擔誤女兒青春、粉碎女兒前程，另一邊用

*怔忡：發呆失神的樣子。

甜言哄騙，叫別人上了大當。」

「小姐，正是如此，燒香祝禱就無論如何不能省，快起來更衣打扮，我們去向上天求助。」

鶯鶯聞言，想了想，翻身下了床，才這半天時光，紅娘心想，怎麼就覺得張生瘦損了一些，小姐憔悴了幾分。情這一字，真的好折磨人。

來到庭園，紅娘調桌弄香，打理妥當就對鶯鶯說：

「小姐，今日月亮有月暈，大概要起風了，妳來燒個好運香，讓香煙吹上天。」

鶯鶯拈香默禱：「上天，我娘無誠信，讓美事有始無終，我斷不能拂逆母親命令，他又窮書生一籌莫展，難道我與他真的是今生無緣，註定只能空夢一場？」

默禱完畢，忽然紅娘咳嗽幾聲，東邊牆外就傳來一陣悠揚的琴聲。鶯鶯側耳傾聽，不禁問了一句：「這是什麼聲音？」

紅娘故作輕鬆說：「妳猜猜看囉。」

鶯鶯傾耳再聽，不禁大讚：「好琴聲，絃絃有意，聲聲有情。」

「妳聽，這一段是高山，這一段是流水，這一段風吹珠簾，這一段露滴梧桐……，這是一片莽原綠，這是一片煙波藍……，這是士兵銜枚急走，這是雄壯

的鐵馬金戈刀槍齊鳴，紅娘，妳來聽這好琴音，這是幽靜的落花流水，這是高亢的清風朗月、鶴唳飛空，這是呢呢噥噥的耳邊私語……」

「小姐，我聽起來就叮兒咚、吉叮噹，哪有這麼多意思？倒像小姐妳走起路來的環佩聲響，又像掛窗簾的金鉤，在風裡碰撞的清脆好聲響。」

「會是誰在彈琴？」鶯鶯問道。

「唉，小姐，還會有別人嗎？」紅娘向東牆呶呶嘴。

「他的琴藝竟然如此精湛。」

「有道是『知音』才懂，我可不懂什麼這段那段的，我只恐怕他的腸斷了。」

鶯鶯凝神還在聽琴，忽然神情悲戚：「唉呀，伯勞分飛各西東，大雁失去伴侶，墜地不願獨活，好令人哀傷啊！嫋嫋琴音，他千言萬語盡在不言中。」

琴聲稍停，紅娘一個欠身：「小姐，我想起來了，老夫人要我晚上得空過去一下，我去去就來。」說罷，一溜煙走了，走不久，又悄悄回頭，躲在花叢後，看

鶯鶯說些什麼、做些什麼。

「我知你，知你。」鶯鶯憮然，喃喃自語。

琴聲悠然再起，這次彈奏的是鳳求凰，琴音娓娓訴情，鶯鶯一聽神飛魂馳：

有一美人，見之不忘。
一日不見，思之如狂。
鳳飛翱翔，四海求凰。
無奈佳人，不在東牆。
以琴代語，欲訴衷腸。
何時得見，慰我徬徨？
願言匹配，攜手相隨。
不能同飛，使我斷腸。

鏗一聲，一曲彈畢，空氣中的每一粒分子卻仍飽含重重的相思，在夜裡迴盪。不一會兒，琴音寂靜，隔牆有人大口嘆道：

「老夫人忘恩負義，沒想到，小姐妳也對我說謊！」

鶯鶯一驚，脫口回道：「我沒有！」慌忙低聲自語：「是我娘的多變，我從來沒欺騙過你，我倆只是一牆之隔，卻恍若千山萬嶺相阻，只因沒有人能將我的心意對你傳達，別人隔著巫山十二峰，都還能在夢中相會，我們卻如此的無可奈何。」

紅娘一聽，眼眉一彎，全知悉了，從花叢掩身鑽出，口中連說：「夢中會誰？小姐，妳要夢中會誰？」

鶯鶯連忙斂容正色：「嚇我一跳，幹嘛不出聲突然冒出來。」

「小姐，我剛從老夫人那兒得來消息，說張先生要離開普救寺了，怎麼辦？」

鶯鶯心兒陡然一沉說：「怎麼會這樣？紅娘，妳快幫我留住他，說再多住兩三天。」

剛撒個小謊的紅娘，心裡已篤定有了答案，再用話引鶯鶯：「留人家多住，總得有個理由，我該怎麼說？」

鶯鶯忖度了一會，回覆紅娘：「妳就說，有人正在勸老夫人回心轉意，無論如何，他不會落空的。」

紅娘晶晶的眼兒瞅住鶯鶯：「不落空、不失望？小姐，這是妳要我說的？」

鶯鶯點點頭。

紅娘眼一亮，主意打定，扶鶯鶯進房：「小姐，妳先回房，我收拾收拾，凡

事有我。」進房門前，鶯鶯回頭，欲言又止，紅娘說：

「我知道了，明天，我去看他。」

牆東有個細踱徘徊的張君瑞，牆西有個長噓短嘆的崔鶯鶯，紅娘呢？她忙著收拾香案，明天，還有得忙呢，她心裡在想。

她倒真沒料到，不只明天，還有好多個明天的明天，要讓她忙忙忙翻天呢！

4. 已經忘了天有多高

過午時分，西廂悄悄，靜得有些異樣。

紅娘奉鶯鶯的命令，過來傳話，發現廊庭沒人灑掃，落花滿地，廂房門緊閉，她並不敲門，手指舔舔舌，溼破紙窗窺看屋內怎麼回事。

昨晚那張琴，孤獨無言的倚在牆角，屋裡一桌凌亂的書筆硯墨，什麼擺設都沒有，不見琴童，只張君瑞一人躺在床上，一束陽光透窗照進陰暗屋內，空氣中的浮離游塵飛舞在光束裡，光束的盡頭，就是張君瑞一張憔悴慘黃的瘦臉病容。

「這秀才病了！」紅娘心中輕呼。

「要不是他，我們家恐怕都滅門絕戶了，但上天偏偏不遂他的願，讓他與小姐飽受煎熬，可憐他身又病、心又苦。我看咱家小姐也明明有情，昨晚聽琴時的自言自語，完全將心事都和盤托了出來，她要張生『不落空、不失望』，這不就是允諾嗎？我一定會幫他們的忙，老夫人，先對不住囉，是妳背信在先，我紅娘雖不識字，也懂得知恩圖報、信守承諾。」

心意底定，紅娘敲門入屋內，可憐張君瑞矇矇睜開眼，掙扎起身卻不能，紅娘忙著扶他起身半坐，只覺這書生景況好淒涼。

「紅娘姐，昨夜風寒，我病得重了，讓琴童去找法本和尚請大夫，他至今還沒回來……怎樣，紅娘姐，昨晚妳家小姐說些什麼？」

「你們一個病懨懨，一個幽悶悶，要比哪個先病死哪個先瘦死嗎？我家小姐要我過來看你，並帶口信告訴你『不會落空』、『不必失望』。」

「她是真的如此說嗎？」張君瑞強打起力氣。

「是如此說沒錯。」

張君瑞吁口氣，仰身闔上雙眼，微笑又氣息微弱的說：「我這病得救了。」於是掙扎下床走到書桌邊，他對紅娘說：「幫我帶封信給小姐。」

「我家小姐見到信一定會像我這樣。」紅娘假裝豎起雙眉，鼓起腮幫子說：「口裡還會罵我：『小妮子，好大膽子，看妳胡作非為、無法無天了。』」

「紅娘姐，望妳成全，小生會以千金玉帛的大禮答謝妳。」眼看張君瑞拖著病體，又要打躬作揖，紅娘忙說：

「錢財千金賞賜，那就是看扁了我，我雖是女孩兒，但有志氣不糊塗，只要你說一聲『請可憐我孤身一人』就可以了。」

張君瑞瘦稜稜的身，拱手彎下腰：「紅娘姐，請可憐我孤身一人。」

「成！」

紅娘洗筆、磨墨、鋪好紙箋，侍候張君瑞寫書信：「你寫一句，唸給我聽一句。」張君瑞手扶紙箋，拿筆蘸飽墨汁，完全不必打草稿，直腰、低頭、懸腕、凝目，下筆急書，並且一字一句讀給紅娘聽，讓紅娘心中好佩服：「這秀才真該是個金榜高中的人才啊。」只聽得他信上先問寒暄，次說情衷，再敘病心，最後以五言詩一首為結語：

相思恨轉添，
漫把瑤琴弄。
樂事又逢春，
芳心爾亦動。
此情不可違，
虛譽何須奉。

莫負月華明，
且憐花影重。

紅娘問：「前面都懂了，就這『莫負月華明，且憐花影重』二句，你們這事干月亮花影何事，這兩句到底要說的是什麼？」

張君瑞解詩道：「實不相瞞，我想與妳家小姐相會面，希望她能趁月夜有月光照路，就穿越花園過來我這西廂房。」

「懂了，小姐來不來是一回事，但信兒交在我手中，我一定傳到；話兒我心裡有數，我一定幫你說話。我幫你，是希望你快快成就美事，並當以功名為念，不要因此事沉淪了你的大志氣。我走了，我擔保會讓你心上人親自來探望你一遭。」

輕倩倩一個靈巧身影，裙裾飄，跨檻離屋而去。

張君瑞心中好生感激，那日杜確大哥臨去前的一句「雙捷報」，他並沒有忘記，大哥的言下之意他當然明白：兒女情長也別忘了英雄事業。今天，連個小紅娘都會提醒他功名。張君瑞輕輕嘆口氣，自己真的像一隻被囚禁許久的籠中鳥，連打開鳥籠的門牠也不會飛走，因為，牠已經不習慣展翅揚羽，牠已經忘了天有多高。

5. 燕子一般輕靈的倩影

紅娘一擔千金，兩肩獨挑，燕子一般輕靈的回到小姐房裡，她心意已決，絕對要幫這對才子佳人到底，她對自己立下一個誓約：「此後三人同心，絕無嫌猜。」

小姐昏睡在床，她躡手躡腳將信簡放在梳妝檯上，走近床邊，輕聲問了一句：「小姐快起來聽消息。」

鶯鶯其實一直在等待消息，為了掩飾自己的急切，便緩緩遲遲的吟哦了會兒，才慵懶轉身，停了片刻，見紅娘不開口，假裝淡淡的問：「那張先生說什麼？」

「唉，什麼也沒說，病得起不了身。」紅娘心想：「看妳要如何裝模作樣。」

鶯鶯心頭一驚，舉手整理整理亂了的髮絲，刻意平靜的再問：「有大夫來問診吧？」

「可憐喔，一個窮書生離鄉背井，孤苦伶仃，自己就應該本分的不要生病，不爭氣偏生了病，誰願意理會他？央求法本住持隨便找個鄉下郎中來看看，胡亂給些草藥，就算萬

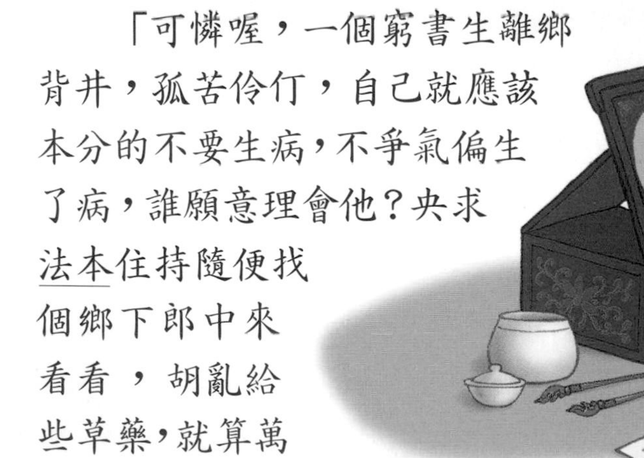

幸囉。」紅娘假裝一片淡然，拉把凳子坐下，剔剔自己的髮腳。

「他還能說話嗎？」

「病得昏昏沉沉的，直嚷說要回家。」

「妳……，記得帶我的話去給他嗎？」鶯鶯顧不得矜持，流露一點著急的問。

「我看他病得不輕，說了他也聽不進耳——」紅娘繼續斜睇著眼，剔耳。

「那也該說呀！」鶯鶯急得打斷紅娘的話。

「但我還是說了。」紅娘開始剔指甲。

鶯鶯覺得紅娘今天的舉止好奇怪，平日伶牙俐齒，問一答三，今天卻問一答一。自從打退孫飛虎之後，紅娘一直對張君瑞百般稱許維護，今天卻態度如此冷淡，自己身為相國千金，許多事多所顧慮，礙於母命嚴厲，自己不免屈服順從的苦惱，她也一向明瞭，為什麼這次自己勇敢的剖心相託，她卻好似不明白自己的焦急苦候？

「說了……？」

「是說了。」

「那他——」

紅娘眼珠兒滴溜兒一轉，抬抬下巴，朝梳妝檯望

去，鶯鶯隨之一看，一封信簡端端正正擺在匳*鏡前，鶯鶯心中瞬息萬念，一則喜於張君瑞的回音；一則突然感到，她會不會流露太多的自己？

那越在乎就越裝成冷淡的矜持心情，難道全被紅娘看穿了？為張君瑞動心，會不會顯得自己太輕薄？那小妮子以為她自己什麼都知道？……鶯鶯急著想去拆信的雙腳，被紅娘掩不住的得意臉色牽絆拉住，腳步開始放慢，她在腦中迅速尋思，然後按捺著急的心，漸漸讓臉上醞釀起不悅的神色，她伸手慢慢拿起信簡：

「這封信哪來的？我堂堂一個相國千金，自小飽讀聖賢書，幾曾做過這種偷偷摸摸的行為？是誰將妳慣得如此放肆，敢拿外頭這種不三不四的信回來戲弄我？我拿去告訴夫人，看她不將妳這個小賤人打個半死才怪！」

紅娘收斂臉色，乖巧的站起身回話：

「小姐是妳叫我傳話過去，他才又叫我拿這信兒過來，小姐如果妳不曾叫我過去，我也就不會拿這信兒回來，天下的道理不是這樣的嗎？我又不識字，哪知道他會寫什麼，我不是妳『慣』的，還有誰『慣』？」

紅娘在心裡有點吃驚，雖知小姐難免惺惺作態，

*匳：鏡匣。

沒想到會這麼嚴厲，剛才為了探消息，小姐假裝不在乎差點撐不住，沒想到給了信，立刻翻臉不認人，是喔，紅娘心想：「誰像我這般，一根腸子通到底。」

一把搶過鶯鶯手上的信，紅娘繼續說：「不敢麻煩小姐妳親自走一遭，我這就帶著信去見老夫人，向老夫人告發去。」

「慢點！」鶯鶯急忙喝止，搶回信簡，連聲再說：「妳要告發誰？」

「當然是張生。」

鶯鶯立即假意說：「得饒人處且饒人，何況他有恩於我們家，不妨就饒他這一次吧。」

鶯鶯坐定，慢慢打開信，仔仔細細的看信，一會兒皺起黛眉，一會兒臉突然一紅，粉頸低垂，一會兒微微沉吟，最後慢慢嚴正起臉容。紅娘一見心知不妙，故意問：

「小姐，昨夜彈琴那人在信上寫著什麼？」

鶯鶯佯裝大怒：「雖是有恩於我家，他也不得如此莽撞無禮，我要寫封信罵罵他。紅娘，準備紙筆。」

鶯鶯振筆急書，回頭看一眼紅娘，紅娘立刻表明：「我不識字。」寫妥書信，細細折信的時候，鶯鶯狀似無意的問紅娘：「那他究竟病得如何？有什麼症狀？要不要請更好的大夫？」

「臉又瘦又黃，不吃飯，不能動彈，他自己說，妳就是他的救命仙丹。」

「放肆，妳將信交給他，並且再轉告他，我和他以兄妹相稱，上次讓妳去探望，不過是行之以兄妹之禮，並沒有其它意思，假如他再寫不三不四的信給我，我一定會稟告老夫人，到時候，恐怕連妳紅娘都要被罰。」

「小姐，妳又來了，別再叫我送信了吧，去傳個話回來都惹妳大發雷霆，這次再傳個信回來，恐怕連命都沒了！」

「小妮子，我的話妳敢不聽從！快去告訴他，下次斷不可如此。」說完話，將信一擲，賭氣躺回床上。

幾分是真？幾分是假？紅娘洗滌收拾筆硯，心中發惱，這事兒怎麼會變這個調子？

那說一見張生分外親切的是小姐；那倚著門兒待月相思的是小姐；那依著韻腳兒和詩的是小姐；圍寺時篤定不疑的、側著耳朵兒聽琴的、命令傳話「不落空、不失望」，不都是這位相國千金大小姐？難道是我紅娘鬼矇了眼、會錯了意？

什麼時候又變成「兄妹之禮」了？小姐，妳難道高興了就和人家眉眼傳情、詩文交心，不高興就可以全盤推掉，處處說是別人的錯？小姐，妳不會和夫人一樣在欺騙這可憐的窮書生吧？小姐，我自幼和妳一同長大，知道妳沉穩心思深，但絕非刻薄勢利的人，我今日才知道，我也許並未真正了解妳……這封信自己真不願送去西廂，但張生殷殷在企盼；若送去了，張生一看，恐怕病會好不了。

瞧一眼床上那莫測高深的美麗背影，心頭浮起張君瑞一面寫信一面解說的真誠，「唉！我為張生再走這一遭！」

燕子一般輕靈的倩影，帶著別人不知道的沉重心事，再度來到西廂書房。

「紅娘姐……」張生掙扎起身。

「行了，我告訴你，事情不好了。」紅娘繃著臉，只覺得，天底下怎會有這麼麻煩困難的事？她用盡此生前所未有的謹慎、認真、端正、小心，娓娓表白了心聲：

「你們的事我一路看在眼裡，到這時候，我是發了誓的三人同心，絕無嫌猜，我幫忙幫到底，什麼話兒信兒的，冒著老夫人的刑罰，都由我傳遞，但是小姐的女人心、難猜心，不想想自己詩啊琴啊的做了什麼，現在倒只編派別人的不是，厲色嚴詞責罵先生與我，『兄妹』這兩個字，這會兒可真是響噹噹的一塊金字招牌，我被大罵一頓就算了，但我不服的，是她竟然外表一套、心裡一套，人前一個樣、人後一個樣，先生，你也別傻了，當成一場夢，夢醒了，就啟程吧。」

「紅娘姐，不會的，是妳不肯用心幫我吧！」

紅娘立即呼天搶地：「是我不肯用心幫忙？天啊，先生，每個人頭上一片歷歷青天哪！」隨即掏出信簡說：「你自己看了這信，就該夢醒心死，我勸你，從今之後，我走這橋，你走那路，當做大家從沒曾相遇認識過，故事沒起頭，一切都沒開始。」

張君瑞哭著下床：「紅娘姐，妳轉身走開，便要與我分割成陌生人？」

不等心傷的紅娘回答，張君瑞已雙膝跪下：「我一條性命只在妳紅娘姐身上，別丟下我不管，紅娘姐，救我！」

紅娘扶起張生，一面遮上信簡：「事情出乎我預料，叫我左右難做人。」

張君瑞跪在地上拆信，讀信，紅娘別過頭，不忍心目睹。

讀畢，張君瑞霍地站起身，喜孜孜、樂呵呵的呼喊：「紅娘姐！」

紅娘正感覺慘不忍聽，只聽張君瑞開心的大聲說：

「紅娘姐，今日有這場天大的喜事！」

「哭哭笑笑，莫非張生瘋癲了。」紅娘納悶看著踱過來踱過去，捧著信一遍遍拜讀的張君瑞。

「紅娘姐，妳也來和我一起歡喜。」

「你沒事吧？」紅娘納悶的問。

「沒事，妳小姐罵妳我，都是在作戲，都是假的！」

「這話卻是怎麼說？」紅娘一頭霧水。

「這信裡內容說明了一切。」張君瑞將信貼在心口，喜不自勝。

「怎麼？」

「小姐在信裡約我今夜去花園。」

「約你今夜去花園，約你？去、去花園？去花園做、做什麼？」紅娘舌頭有點不聽使喚。

「約我今夜去花園相會。」

「相會做什麼？」

「紅娘姐，妳女孩兒家，不宜多問。」

「我不信。」

「信不信由妳。」

看張君瑞不像在說假話，也沒有瘋癲的傻樣子，只是情況彎轉得太突然，紅娘堅持要張君瑞將信一字不漏讀出來。張君

瑞讚嘆的說：「是五言四句詩呢。」接著朗聲讀詩：

待月西廂下，
迎風戶半開。
拂牆花影動，
疑是玉人來。

「妳是信還是不信呢，紅娘姐？」

「咦，沒寫『兄妹之禮』？沒有罵人的話？沒說下次不能再犯？先生，月亮花影真被你們吵死了，請你快幫我解詩。」

「待月西廂下，是要我在月亮出來的時候才來。迎風戶半開，是說她會半開著門等我。」

「唉呀，我家小姐好大膽。」紅娘輕呼。

「拂牆花影動，是要我像花影一般翻過牆去。疑是玉人來，這句難說明白，大意是說，我終於來了。」

「真是這個意思？你沒弄錯？」

「紅娘姐，我是解詩謎的行家，妳相信我。」張君瑞笑吟吟。

「信拿來給我看看，她真這樣寫？」紅娘挨過身，一把搶過信，將信橫著看豎著看，反面也看看：「急死人了，這些字一個都不認得我。」

「她真會這樣寫？」親手摸過才算數似的，紅娘還在喃喃自語。

張君瑞將詩再一遍朗讀，紅娘說：「真的如此寫？」

張君瑞將詩朗讀第三遍，紅娘定定不說話了，好一會兒才從齒縫迸出一句：「她真耍我。」

張君瑞猶自喜樂著，望向牆頭的方向說：「我只是個讀書人，哪能跳過花園的牆？」

紅娘冷笑一聲：「哼，將來要跳龍門的人，會怕牆高？早點去，可別讓人家眼睛望穿秋水，眉毛聚成尖山。」

「我一定能爬過牆——」不等張君瑞說完，紅娘已告辭離開。

燕子一般輕靈的倩影，這次回梨花別院的雙腳虛飄飄，心中惱惱恨恨，氣急敗壞。

幾時見過寫信的人在欺騙好心傳信的人？讀書的騙過不識字的有什麼好神氣？千金小姐果然奸奸巧巧愛耍人，偏偏自己一片騰騰熱的心，一點也不懂機關，活該要上當。這曲曲折折的人性呀……千頭萬緒的紅娘終於放慢腳步：「真不是一條通到底的肚腸所能了解。」

紅娘想起自己聽過的一個禪門故事，說那五祖傳法時，給六祖三粒粳*米一枚棗，六祖悟出是要他「三更早來」，終於順利成為衣鉢傳人。能明白、能悟道的人，心的孔竅一定比別人多開幾個吧，如果五祖給她三粒粳米一枚棗；紅娘噗嗤一聲笑出來；她一定吃了棗子，還嫌要嘛多給點，三粒米連一碗粥都煮不成？

不直接回屋裡，紅娘蹲在花園，拿著樹枝畫地，畫個圈，再畫，再畫，一直畫，梨花瓣不明就裡照樣落個不停，氣是該氣，但她要問明白自己究竟在生氣什麼？畫圈、畫圈、不停畫圈，這回她讓腸子轉個彎、打個結，是氣自己太傻？是氣瞎熱心一場？她靜靜的想，直往心底探個明白……，三人同心，絕無嫌猜；人人都誇自己靈巧，但活了十幾年也沒今天學得透徹；令她氣惱不休的原來是，一種被同夥背叛的感覺。

燕子一般輕靈的倩影，今天，她的心兒受了傷。

*粳：稻米的一種。

6. 白天不懂夜的黑

花格窗開著，繡簾被小金鉤掛起，鶯鶯晚妝完畢，粉妝玉琢的一個佳人，佇立長廊，欣賞著滿天殘霞。

很不尋常，紅娘不說話，輕巧巧上階梯，經過鶯鶯身邊進屋去了。屋裡的仍有氣忙著折疊被褥，屋外的心虛窺測靜觀其變，各人懷有各人的心事，中間隔著一個漸漸暗去的樓閣暮色。

月升了，紅娘才上前相請：「小姐，該燒香了。」

尋常一樣擺好香案，紅娘今日鼻頭卻一陣酸楚：「真心換得假意，小姐，妳只會對別人甜言媚語三冬暖，對我就是惡言相向六月寒嗎？」回頭看見鶯鶯正由月下花徑走來，蓮步款款，紅娘心中忍不住讚嘆。「近日小姐悶悶不樂飲食減少，卻越發顯得豔色絕倫，今天打扮得好漂亮！」

一下子找不到自己在鶯鶯與張君瑞之間的位置，不妨騰出空白再作觀察，有道是「一朝被蛇咬，千年怕井繩」，鶯鶯個性難捉摸，他倆相會的場面，萬一突然又要遷怒怪罪；紅娘心想：倒不如自己先不在場，脫身躲在一旁再見機行事，正好她也想打探牆那頭的張生究竟如何，因此待鶯鶯一走近，紅娘便藉機說：

「小姐，妳拈完香，在湖邊小山旁邊休息會兒，等我去把花園的門兒關好拴緊。」

到大門邊，紅娘開門往外看，一眼瞧見等在門邊的張君瑞，紅娘再問一次：「你確定是小姐要你來？」張君瑞回答：「紅娘姐，妳相信我，我真的是猜詩謎的行家。」

「你別從大門進來，免得她有理由罵是我放你進來的，你還是跳牆過來吧。你看，今晚庭園的風景簡直為你們而設。」

雲伴月隨，月影朦朧，大槐樹的濃蔭落地一片，花樹的枝椏低壓，柳絲垂垂如簾幕，庭園裡閒靜又幽隱。

「凡事要小心，莫驚動老夫人。小姐她女孩兒家，千金嬌貴，你要溫柔相待，可別以為她約你來，你就可以造次，你不可以當她是路柳牆花，不正派的隨便女子。」

「紅娘姐，妳又不是不認識我，我對妳家小姐如何，天知，我知，妳知。」

紅娘點點頭，想起鶯鶯的欺瞞，她心揪一下，話語帶酸：「我瞎操心個什麼？

不成，干我何事；成，沒我的功勞。省省吧，有些人過了河是會拆橋的。」

關上門，紅娘讓張君瑞先在牆邊站一會兒，等自己往槐樹後藏身起來，張君瑞再攀爬過牆。不一會兒時間，紅娘從樹後躡手躡腳潛身偷看。

哇，這是什麼景況？只見一個直著身，羞慚的垂頭；另一個正發怒，口中數落個不停。這一個小紗帽靜默得半點精神也沒有，另一個罵人罵得金釵兒搖晃得像盪秋千。

「紅娘，妳回來得正好，有賊！」

「小姐，是誰？」

「紅娘姐，是小生。」

「是你啊，張生，是誰叫你來的？你擅闖別院，有何勾當？」紅娘刻意厲聲相向。

可憐張君瑞一句話也答不出來。

「快扯他去見老夫人去。」鶯鶯怒氣沖沖。

張君瑞不可置信的睜大眼睛，再看了看紅娘。紅娘用眼神對張君瑞說：

「你也領教到了吧，這會兒。」旋即迅速解圍：

「扯到老夫人那兒去，事情便嚴重了，小姐和我一起來處置他就可以了。張生，你過來跪著。」張生不肯跪，紅娘使眼色，事情突如其來，他一時無法反應，只好聽從的單膝下跪。

「你既讀孔孟之書，又知周公之禮，夜裡私闖我家庭院，要做什麼？」

「我……」跪在地上的張君瑞，真是千言萬語不知從何說起。

紅娘連忙用連珠炮幫張君瑞解圍：「看起來飽讀詩書，沒想到色膽包天，趁黑夜闖入我家，不是為姦、就是為盜！好好的功名你不去求取，偏偏做出這種雞鳴狗盜的下流行徑。」轉身再向鶯鶯勸說：「小姐，罵也罵過了，看在我的面子，就饒他一次吧。」

鶯鶯說：「先生你對我崔家有活命之恩，有恩自當報恩，我是明白的，所以今天這事我就不追究了，你我既為兄妹，你為人兄長的怎能有此非分之想？萬一老夫人知道，你的下場還不知會如何。今天就看紅娘的面子，饒過你這次，假如還有下一次，扯去老夫人那裡，絕不干休！」

紅娘立即附和著指著張君瑞鼻子罵：「小姐寬宏大量，看我面子，給我情面，今天才能放過你，如果扭送你到衙門，你準會被毒打一頓皮綻肉開。」

鶯鶯轉身拂袖離去：「紅娘，妳收拾收拾香案，快回屋裡。」

「是！」紅娘朝張君瑞再做個眼色。邊收拾香案，邊小聲對張君瑞說：「不知誰說自己是個猜詩行家？死了這條心沒？我家小姐你參不透吧？」

「待月西廂下，月被雲遮了。迎風戶半開，風也沒吹來。拂牆花影動，花影是有動。疑是玉人來，來的那人，一動也不敢動。唉——」紅娘用詩揶揄張生，嘆口氣，轉身也回了房。

月魄、槐影、花搖動，張君瑞真的還沒能完全清醒，獨自站了一會兒，轉身，悠悠晃晃，走向適才他興高采烈翻越的牆，「呀」一聲門開，鬼魂一般緩緩沒進黑夜。

7. 遲疑是為了更強的允諾

有時，人最不懂的其實是自己。

鶯鶯回到繡房，憂思煩亂，心情錯綜複雜。

怕，怕張生禁不起這一場莫名其妙的煎熬，他可安好，瘦損的身體可還禁得住？

悔，自己朝思暮想要與張生相會，這一刻降臨，自己卻怯懦的閃身躲避。

惱，不確知自己為什麼要這麼做，母親雖嚴厲，從小對自己的呵護有加，女戒、婦德諄諄教誨，期許自己能嫁入好人家，一生富貴不盡，但自己卻對張君瑞戀戀慕愛，竟然主動傳話、示詩、約相見，這樣的

行為會不會太孟浪*？若被人知情，會不會成為醜事，傳播開來不可收拾？張君瑞會不會認為一個相國千金也不過如此輕浮可戲？

怨，母親毀約賴婚，讓一段姻緣橫生變數，對不合理的事，人果真只有認命聽從的選擇嗎？

憐，日影遲遲，春閨寂寂，多少的日子，自己只是一縷拘束安靜的靈魂，青春如此虛耗空度，美麗只給自己看。

悲，和張君瑞彼此相思成災，就只一牆之隔，卻山迢水重距離遙遙，難道兩人今生當真無緣？

羞，綺思綿綿，身體裡似乎還有一個自己從不認識的自己在蠢蠢欲動。

不安，既愧對母親，又恐張君瑞打了退堂鼓，從此失去堅持，放手離去。

微憾，不論自己如何矜持與責罵，張君瑞為什麼不敢不顧一切的大聲告訴我對我深情永不渝？為什麼不挽留我攔住我說不會輕易放我離去？張生，了解我多一點、深一點，我願意我願意，但你能不能給我更多承諾與保證，好讓我勇敢不再遲疑。

……

*孟浪：言行輕率魯莽。

一個心思幽靜迂深女子的情困，被長夜烘托得又濃又長。

隔了兩日，老夫人命歡郎過屋來叫紅娘，紅娘回來時帶回一個訊息：「張生病得重了，住持請老夫人幫個忙，老夫人已差人去請太醫，叫我今天到西廂去探望張生病情。」

鶯鶯一聽心驚，回答道：「幫我帶封信簡給他，說這是治病藥方。」說罷忙走近桌邊坐下，紅娘卻不動聲色。鶯鶯再說：「快準備紙筆。」

紅娘遲疑了一下，冷冷的開口道：「別再一次了吧，小姐，妳我都知他這病是舊疾未癒，再加上前天晚上的氣急攻心。我八歲跟在妳身邊，大大小小事，忠心只為妳一人，承蒙妳的抬愛，與我情分如同姐妹，更教我知恩感激。咳，小姐，明著說了，妳就是我紅娘的天。」

鶯鶯不由得轉過身來專注傾聽，紅娘繼續往下說：「可我是否太一廂情願了點？上一次妳欺我、戲弄我，著實讓我重新思索自己的位置，我終究是婢妾、是下人，婢妾下人無論如何都不會成為可以對他坦白心事的人，因為他們不配。」

「妳怎會如此說？」鶯鶯好生訝異。

「妳像針，我就是那線，隨妳針腳去到哪，我線兒就傻傻跟到哪的受妳擺布，但我今天一定要告訴妳，上次那件事，妳讓我有受傷害的感覺。我天生賤命，這點傷我不打緊沒妨害，但人家是上京趕考的士子，寒窗苦讀功名在望，妳不但耽誤人家前程，如今還鬧得人命關天，妳一次二次欺他耍他騙他，不怕傷透他的心，害他平白送了命？」紅娘豁出去似的滔滔不絕：

「牆頭和詩、相思消瘦、琴韻傳情、相約月下的都是妳，突然間大談『兄妹之禮』的也是妳，小姐，妳隨意歡喜、隨意發怒，那張生的心，就不是肉做的嗎？愛上妳，是他活該找死、死了活該吧？」

鶯鶯低頭思忖，對紅娘歉然的說：「對不住，我只想到自己，完全忽略了你們的感受。」

「但，小姐，妳再三反覆，究竟為什麼要這樣做？」

「我想過，連自己也不明白，應該是違背禮法規矩的後果，令我畏怯不安；對張生的情思，纏綿繚繞，也令我迷惘不安；究竟該進或者該退的為難，無所適從，更令我惶惶不安。紅娘，我是一枚棋子，不知下一步會如何，但一走就無回頭退路，所以思進思退，又進又退，困局了。」鶯鶯哽咽著說。

「選了這頭就死了心，選了那頭就放了膽，兩難就一定無法兩全，顧這就顧不了那，小姐，妳終究不能一再折騰人。」

鶯鶯眼眶盛滿晶瑩淚水，輕輕對紅娘說：「妳再幫我送個信簡。」

「唉，反正老夫人叫我去西廂探望一趟，就順便為妳帶信去吧。」

「告訴他，這是治病活命的藥方。」

「唉。」紅娘對很多事，不再有萬全的把握。

拿著信簡，紅娘邁出繡房，一路朝西廂碎步急趨。

小姐那番話，她聽懂了。改變，都要付出代價，小姐還算不出代價是什麼，也還估不出那慘痛自己是否擔得起？但她真的對張君瑞動了真情，她不肯不做些什麼就全然認命。做不做、進一步縮一步、一下勇敢一下怯懦，小姐就在兩端惶惶移走，完全忽略了其它。

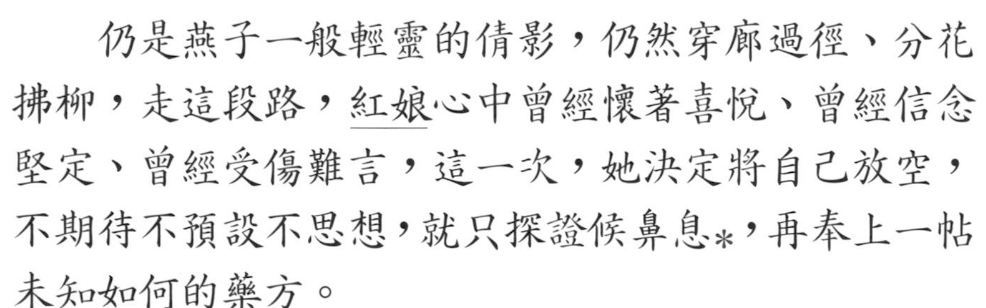

仍是燕子一般輕靈的倩影，仍然穿廊過徑、分花拂柳，走這段路，紅娘心中曾經懷著喜悅、曾經信念堅定、曾經受傷難言，這一次，她決定將自己放空，不期待不預設不思想，就只探證候鼻息*，再奉上一帖未知如何的藥方。

*證候鼻息：指生病時所產生的症狀情況。

第四卷 千錘百鍊情始真

1. 第一次親密接觸

輕輕走到床邊，紅娘喚了一聲：「先生。」

張君瑞矇矓睜眼，知是紅娘，苦苦喊聲：「紅娘姐，妳們害死小生了，我若是死了，告向閻羅王殿前，妳是少不了的關係人。」

「唉，天下害相思病的，哪個像你害得如此嚴重？」

「相思已是痴病，加上夫人賴婚、小姐賴簡，紅娘姐，我救了人反遭人害，前夜這錐心的一氣，我的病想是好不了的。」張君瑞說得氣盡喘息。

「你滿腹詩書學問，心中不放功名利祿，只用心在偷香竊玉，不太可惜？如今功名遙遙、婚姻無望，孑然一身一無所有，那就幡然覺醒吧，普救寺裡不過萍水相逢，就當做過渡因緣，注定風流人散去。」

張君瑞悽目含悲：「萍水相逢？妳以為我無意中來到這西廂？我是處心積慮搬進來。我心中本來只有功名，為了伊人耽誤至此，豈不天生注定？」

「今天是老夫人吩咐我過來探個情況，好為你添補品熬湯方，不過，我這裡另有一帖什麼好藥方的，要送來給先生你參考，聽開這藥方的人自己說，這帖藥可以治病活命什麼的。」

紅娘遞上藥方，張君瑞倚枕閱讀，直起身子大喜，喘氣噓噓的忙要對紅娘說：「豈只，治病，尚能，活命，紅娘姐，妳，怎不早說。」

「你又來了，請不要再會錯意。」

「我何曾會錯意過，連前天晚上那件事，都不是我會錯意，不過，得失之事，總會有出人意料的閃失，我已不計較那件事了，紅娘姐，這次不同，這次不同。」

「如何的不同法？」

「這一首詩，可不是前日的詩可以比的，讓我恭敬的，讀給妳聽。」張君瑞下床，整理衣衫，繫妥衣帶，雙手捧著信簡，一字字清晰朗讀：

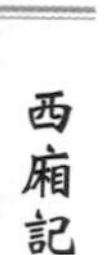

休將閒事苦縈懷，
取次摧殘天賦才。
不意當時完妾行，
豈防今日作君灾*？

仰酬厚德難從禮，
謹奉新詩可當媒。
寄語高唐休詠賦，
今宵端的雨雲來。

紅娘聽得萬分專注，低頭沉吟好一會兒，恍然明白的說：「我懂了，她要你不要牽掛，要愛惜自己，別糟蹋了有用之身；她也為前天晚上的事致歉意，說她只想顧全自己，沒想到害你蒙受如此災害，她想通了，要報答你的濃情與恩義就不能順從成全禮教與規矩。這首詩不但表達小姐最真誠的心意，並且是要扮起媒人的功用，那寄語什麼的我就不明白了，不過那『今宵』什麼『來』的，莫非是小姐要在今天晚上來到這裡？」

「紅娘姐，妳好聰明，高唐賦是巫山仙女和楚懷王歡會的事，妳家小姐的的確確今晚就要過來。」

「難怪小姐說這是帖治病活命的藥，讓我想想老夫人平日要我煎的藥材名……嗯，今天這帖藥，是『桂花』搖影夜深沉，醋酸『當歸』浸，放在假山背後別人難找到的陰涼地窨裡，一服兩服就能見效，但忌的

＊灾：同「災」。

是『知母』未寢，怕的是『紅娘』亂說，能『使君子』你病體痊癒得更快的方法就是，這其間，再多加一味『參』。」

張君瑞哈哈大笑，對紅娘嘖嘖叫好：

「妙啊，將中藥材巧妙聯結，處處語涉雙關，襯得我這『醋酸』的窮酸秀才，讀十年書也只是迂腐不通，紅娘姐，妳伶俐敏捷好記性！」

「別吹捧我，不過，最後那一味『參』，你別只當『人參』而已，它還能讀成『ㄙㄢ』，三個人的『ㄙㄢ』。」

張君瑞佩服得又哈哈大笑：

「紅娘姐，我知曉了！妙啊！」

「但是，先生，這次，我們是不是要再尋思尋思一下詩裡的意思？」紅娘正色再問。

「紅娘姐，今日不比往日喔！」張君瑞瘋了魔似的歡天喜地。

「往事一筆勾銷，我只說眼前，我不相信小姐今夜會來。」紅娘鐵了齒的說。

「今夜三更她一定會來。」張君瑞吃了秤砣般的肯定，眼看紅娘不可置信，張君瑞便說：

「這樣吧，紅娘姐，妳聽我一句話，來與不來妳不要管，總之，這其間望妳用心。」

「哼，我不用心，你倆有機會到今天，罷了，不說這個了，先生那我也請你聽我一句，總之，這其間你自用心，來與不來我都不管。」

出西廂房前，紅娘想到一件事，止住腳步，回頭瀏覽，對張君瑞說：「你就這一床破被單、敗絮枕頭的，我家小姐怎能睡？」

張君瑞苦笑道：「我若是有鴛鴦枕、翡翠衾，何苦還需今日，何必一次次煩妳相助。」

紅娘點點頭，反身跨過門檻離去。

月上柳梢頭，繡房裡，看不出鶯鶯動靜。紅娘心中難免閃過一絲「這次再出事，那書生肯定沒命」的念頭，但經過上次鶯鶯坦然將心跡表白的事，紅娘遂將心中那份微微的忐忑迅速揮抹而去。

繡榻一隅，錦衾繡枕都安放得方方整整，鶯鶯坐在床邊心事重重。紅娘一剎時不知如何是好，該不該夜禱？該不該薰香？該不該，催促？

「紅娘，今夜，不夜禱了……」忽聽鶯鶯吩咐，紅娘聚精會神等著下一句。

「我身子困乏，想早些就寢。」

「那個人就合該去死囉。」紅娘脫口而出。

鶯鶯不知如何是好，紅娘再說：「不必一次再一次，小姐，妳不可以再這樣。」

「真令人害羞，好怕被人發現。」鶯鶯不分辯，說出了內心話。

紅娘二話不說，一把抱起錦衾繡枕，邊往房門走去邊說：

「誰會發現？除卻紅娘，不會有第三個人知道。去吧！」

「好。」鶯鶯口裡應允，腳步卻沒移動。

紅娘站在房門口，回頭催促：「去吧！小姐。」

鶯鶯靜默不語，往前走幾步，又停住了。

「去吧！小姐，我們一起去。」

「好，我們一起去。」鶯鶯往前走幾步，又停步了。

「一次次遲疑只留一次次悔恨。」紅娘輕聲提醒。

鶯鶯點點頭，毅然隨紅娘出畫閣、穿曲廊、過花徑、向書房，玉一般的神情、花一般的美貌，像巫山的神女，要翩然迎向巍峨的高唐觀。

樓臺、僧居、禪室都浸在如水的月明中，大槐樹濃密的枝葉裡傳來幾聲鴉噪。張君瑞等在臺階上，任露水沾溼鞋襪，每一次微風吹動竹葉聲，每一番月光移動花影，都讓他驚喜得以為玉人駕到。

更深露重，輕寒籠身，張君瑞移向房門，倚門相候，時光一點一滴漏過，小姐為什麼還不來？是老夫人跟前脫不開身？是身體有恙不能前來？還是，小姐根本不會來？情懷一片，心中懸念，張君瑞呆呆的倚在門邊動也不動，深怕錯過一點點瑤珮聲。

來或不來？身體困乏至極，張君瑞只得入屋，房門依然敞開，他披衣坐在書桌邊，托腮支頤閉目等待，燈下，他看到久違的一捲捲書卷，及書套上薄薄的灰塵。

紅娘一路小心領著鶯鶯來到廂房階下，她對鶯鶯說：「小姐，妳稍候，我先進去。」

紅娘先輕咳一聲，張君瑞應聲驚覺，然後，一張開眼，就看到一個俏亭亭的熟悉人兒；紅娘手抱衾枕，就著昏黃燈光，出現廂房門口。張君瑞問：「小姐來了？」紅娘答：「小姐來了。你過來接衾枕。」

張君瑞一面接衾枕，一面說：「紅娘姐，結草銜環*感恩不盡。」

*結草銜環：指報恩。

紅娘轉身要去接鶯鶯，回頭對張君瑞說：「不要嚇著她，不要辜負她。」走下石階，紅娘捧護著嬌羞萬分的鶯鶯，款款拾級而上，送鶯鶯到書房門口，紅娘輕推了一下鶯鶯：「妳進去，我就在窗外等妳。」說罷，為鶯鶯帶上房門。

燈影掩映，張君瑞目瞪口呆望著眼前半低著頭的鶯鶯，不禁喃喃自語：「這是真的？還是假的？」

猛然清醒，一個箭步上前，忙扶著鶯鶯坐下，他半跪在鶯鶯跟前，對她溫柔低聲的說：「我張珙有何等福分，敢勞小姐從天界下降？」鶯鶯依然垂著頭，粉頸剎時一片赧紅，張君瑞為之怦怦然心動不已，禁不住抱住鶯鶯膝頭：「我出身寒門，既無才又無德，小姐，妳就可憐我異鄉為客，孤身一人。」鶯鶯始終低頭不語，張君瑞遂站起，小心翼翼攙扶鶯鶯起身，兩人依偎著走向床榻，鶯鶯渾身軟玉溫香，膚如凝酥滑膩，柳腰纖纖一握，羞答答不肯抬起頭，張君瑞扶她坐定在床邊，放下羅帳，在她耳邊輕輕說：「我對妳著了魔，千千萬萬都為妳，妳知道的，妳是知道的，我必不相負。」

所有的相思都已償，你半推半就，我又驚又愛，成就了今宵歡愛，那是一種比春天更春天的旖旎風光，比魚兒與水更忘情的諧律相合。

紅娘坐在廊外，看臺階閒靜，感到背後的燈光一滅，滿園的月光就愈發清澈的亮。

天色將明，紅娘在窗外輕喚：「小姐，該回去了，怕老夫人發覺。」

屋裡是一場繾綣的戀戀難捨，張君瑞對鶯鶯拜謝：「多謝錯愛，張珙今夕得小姐如此相待，終身願效犬馬之勞以報答。」

鶯鶯杏臉桃腮，嬌滴滴欠身扶起張君瑞，張君瑞趁勢緊握鶯鶯雙手，無限惜愛，他說：「妳不會像巫山的朝雲暮雨，變化萬千，轉眼就無影無蹤吧。」

紅娘催促聲再起：「小姐，該回去了，怕老夫人發覺。」

門扇開啟，早霧由四面輕輕攏合，天空疏星點點。張君瑞扶鶯鶯步下臺階，再執起鶯鶯雙手在自己手中反覆視看，鶯鶯也抬不起依戀的腳步，難以離去，紅娘抱著衾被出房下階，眼看此景，撂下一句：「再不走就等老夫人發覺。」才讓兩人低語道別離，臨別前，張君瑞小聲叮嚀鶯鶯：「妳費點工夫，今晚早點來。」

2. 夜去明來換做天長地久

如果天上月亮也有知心好友的話，紅娘心想，那一定是自己。

她夜夜坐在階邊守候，看月亮逐漸消瘦，又慢慢圓滿；有時吐一線小銀芽，有時長成一枚銀亮小彎鉤，有時彎彎寬寬的像一塊黃玉玦*；有時雲遮了，雲邊留一截金鑲滾，然後雲破開，月亮又出來了，這時候，紅娘感到月亮會開心的對她笑啊笑，好像在說：「我還在啊，陪妳。」

靜，靜到可以聽到露珠兒從圓圓荷葉滴水的輕響。

有一次，夜很深了，她竟恍恍覺得月光亮得正從屋瓦走過再靜靜滴落，至於那月亮忘了出來溜達的日子，四野漆黑，她抬頭仰望滿夜空水清清的星子。

這樣的時刻，紅娘也會偷偷想到自己，會像小姐那樣遇到心愛的男子

*玦：有缺口的玉。

嗎？那個人會是誰？他會是怎樣的長相及性情？會像張生這樣傻呆又痴情嗎？……然後她會速速抹去這念頭，自己要永遠伺候小姐，一輩子不離開她。

那天，她偷戴小姐珠花，學小姐菱花照鏡，突然看到鏡中一個秀麗人影，是自己嗎？眉心開，圓杏眼，尖尖的下巴，和以前真不同了，她長大了，願不願意有一天都要離開小姐，但她相信，張生與小姐會給她最好的安排。

等候。她多半時候獨自在鬥草，手巧的她，從小就會用小草編蚱蜢、蝗蟲、蛐蛐兒、小金龜子、小花籃，那天她折桂枝蘭葉做底模，編了一頂綴滿小紅花的冠帽，放在鶯鶯的妝臺說是新娘子出嫁的鳳冠，鶯鶯笑彎了一雙秋水無塵的眼眸，對花冠愛不釋手。

小姐眉宇不知名的輕愁盡掃，體態更形別樣風流，被相思折磨得瘦稜稜骨崖崖的張生，也潤渥朗俊了起來。紅娘二更過後抱衾被陪小姐過來，四更天過便悄然離去，這樣的日子，由春盡到秋來，已經過了二個多月。夜露重、晚風涼，偶而長鳴驚飛的夜鳥，園子深處傳來的怪聲響，都曾令紅娘擔驚受怕，但熟悉了也就釋懷。紅娘心中什麼也不去多想，但偶而還是會閃過一絲念頭：這樣的日子能過多久？相思得償、一晌貪歡，然後呢？夜去明來，如何換做天長地久？

當然，她也會心虛，愧見夫人，怕聽傳喚。

今天歡郎突然到繡房來探首探腦，問他有何事，又不見有事，行跡鬼祟奇詭，問急了，才回說：「今晚小姐還園子裡夜禱嗎？」紅娘斥他：「什麼時候此事歸你管了？」他便一溜煙跑了。

莫非，事情會有變故？

隔日，歡郎又來到繡房，說老夫人傳喚紅娘。紅娘心眼一轉叫住歡郎，問他：「你知道老夫人今天為什麼事叫我？」歡郎回說：「並不知道。」紅娘又問：「怪了，昨天你來巡個房，今天老夫人就叫我過去，敢情是，你在老夫人面前說了我什麼？」歡郎忙要撇清卻口齒遲鈍，紅娘作勢就哭喊起來：

「你自己說，歡郎，我平日待你如何？我可有失禮虧待之處？天啊，我是招誰惹誰了？小姐，妳替我評評理啊！」

歡郎囁囁嚅嚅的說：「不是，是……紅娘姐，是我有一天看見妳們開門到後院夜禱，可是園子裡根本沒妳們的影子，後來我、我連著三天都偷、偷看妳們，妳們都出房門沒夜禱，往西廂那方向走去，然後人就不見了，我覺得好奇怪，就稟報了老夫人。」

鶯鶯全身血液全流到腳底，「咚」的直直跌坐椅子，臉色發白，手腳盡皆冰冷。紅娘急急打發歡郎，回過頭來問鶯鶯，該怎麼應對這即將到來的風暴。

鶯鶯拚命掉淚，哭著說：「紅娘，是我害了妳。」

「我心甘情願，沒有誰害誰。小姐，妳有主意嗎?」紅娘也悽然。

鶯鶯搖搖頭，對紅娘說：「逼急了，我仍是就白綾一條。但妳今天少不得皮肉受苦。」

紅娘說：「我原本就不是嬌貴的人，只是，沒法子裡的唯一法子就是不必有法子，小姐，我就向老夫人一五一十說了吧，至於如何說，我自有擔待，小姐不必操心。」

鶯鶯淚不止，淚眼看著紅娘出房門。紅娘腳步千斤重，是刀山就往刀山去，是劍海就往劍海行，到了廳堂，硬著頭皮跨檻進屋。

老夫人端坐在堂上，一臉寒霜肅殺，眼裡滿是怒氣，令人不寒而慄，歡郎捧著鞭條側侍在旁，紅娘心頭一凜：「我這是上了閻王殿吧。」

「老夫人萬安！」

「小妮子，妳、心、裡還有我這個老夫人嗎？」老夫人陰惻惻開口，一字比一字拔尖揚高，「嗎」字像一記雷霆霹靂。

紅娘膝頭一彎，直直跪下。

「妳可知罪？」

「紅娘不知罪。」

「妳還狡辯欺瞞！歡郎，家法伺候！」

老夫人拎起藤條，「咻！」「咻！」抽打在紅娘身上。紅娘閉著眼霍地感到手背臉頰一陣火辣，睜眼看見手背一條條帶血的鞭痕。

「老夫人，我自幼就不敢欺瞞妳。」

「我問妳，妳和小姐每夜去園裡做何勾當？不說，不說就打死妳。」老夫人怒氣沖沖。

「老夫人，不要閃了貴手。且請息怒，聽紅娘說。」

「有時夜裡和小姐停了針黹，閒聊天，提起張生病況，我與小姐遂背著夫人，去書房向他問候。」

「哼，問、候？他說些什麼？」

「他說，夫人妳恩將仇報，讓他半途喜變憂；他說，紅娘妳且先走，小姐暫且留下慢走。」

「哎喲！小賤人，她是女孩兒家，妳讓她暫且留下？」老夫人驚呼。

「從那天起，至今數月，他倆一個不識憂，一個不知愁，一雙心意兩相投，天天宿在一處。」紅娘繼續說，不想停。

「啊呀！不好！」厲色威嚴頓時消減，老夫人癱軟虛餒在座。

「老夫人，所以妳能了結此事就快快了結，這中

間發生的事，就不必再追究。」

「這事全是妳這小賤人的錯！」老夫人還魂似的稍稍有了氣力，有氣無力的再罵。

「不干張生、小姐、紅娘的事，這事全是妳老夫人的錯！」

「這小賤人，妳倒拖我下水，怎麼會是我的錯？」老夫人揉著鬢，掙扎坐正身子。

紅娘忍住疼痛，直起腰桿，口齒伶俐清晰的敘說：「老夫人，且聽我說，這首一樁，孫飛虎圍寺的時候，妳不該當著三百僧眾，親口允諾小姐的婚事；第二樁，人無信不立，妳不該背信賴婚，叫張生與小姐只以兄妹相稱呼；第三樁，既然毀約賴婚，妳就該贈送金銀給張生，要他速速搬離普救寺，兄有情，妹有意，妳根本不該任他繼續住在西廂，與小姐只有一牆之隔。老夫人，有道是女大不中留啊！」

老夫人仔細聽著，其間不發一語，紅娘繼續說道：

「姑且不論這千錯萬錯都是妳老夫人的錯，假若是妳真的報了官，對妳又有何好處？三百僧眾人人非議，傳開了去，蒲州人氏個個笑話，咱崔家名譽掃地，相國黃泉蒙羞，老夫人得擔治家不嚴的罪，還加上張生恩人變仇人，天底下還有比這更蝕本難堪的嗎？」

老夫人傷神得揉鬢不已，紅娘眼見機不可失，趁隙再下一城：

「老夫人，咱倆私底下捫心說，那鄭氏子哪比得上這張君瑞，圍城時節，他是怎麼對妳來著？他是如何的氣度舉止？」

「依紅娘之見，老夫人，不如寬恕張生和小姐的小錯，成全他們的大事，這才是上上之策。」老夫人低頭揉起眉心，思忖沉吟。

「老夫人，小姐是妳的掌上明珠、心肝骨肉！妳仔細考慮啊！」

老夫人揉眉心的手一揮：

「唉，罷了罷了！妳這小賤人說的也是，算我養了一個不肖女，交給官府處置，其實是辱沒家風。罷，罷！便宜了那畜生。紅娘，妳去喚那個賤人過來，歡郎，你去叫那個畜生過來！」

紅娘旋風似回到繡房，鶯鶯見狀，忍不住紅了眼眶：「妳受痛了。」紅娘拉起鶯鶯的手直往房門走：「小姐，我全說了，老夫人答應你們了，叫你們都過去！」

鶯鶯遲遲疑疑：「羞慚愧對，怎麼見我母親？」紅娘一急，口不擇言：

「自己親娘有什麼好害羞？害羞，就別做；做了，就別害羞，你們卿卿我我的時候，怎不害羞？」

磨磨蹭蹭總算到了廳堂，低頭跨檻進屋，母女一照面，老夫人一聲：「我的兒呀！」母女立刻抱頭大哭，連紅娘也陪著哭。老夫人邊哭邊說：「我的孩兒，妳被人欺負了，做出這種下流事，這都是我的業障果報，我還能怨誰？報官會辱沒妳父親，這種事，不該是相國人家做出來的。」鶯鶯放聲大哭。

一片涕淚唏噓間，張生到來，老夫人責怪道：「好個秀才，你沒讀到『非先王之德行不敢行』嗎？報官會辱沒我家風，我沒奈何，把鶯鶯許配與你為妻。只是我崔家不招沒功名、沒官職的女婿，你明天就上京應試取功名，我替你養妻子。得了官，風光回來見我；落了榜，休得回來見我。」

張君瑞無語，恭敬跪拜老夫人，紅娘一旁開心說道：「謝天謝地，謝老夫人。」

老夫人吩咐明日擺宴席餞行，長嘆一聲，歡郎扶著回內室去了。

紅娘眉開眼笑的扶起張君瑞，一手拉他走近鶯鶯，一手牽起鶯鶯的袖：「唉呀，這下天下太平了，從前相思事一筆勾銷，夜去明來也終究不是長久之計，

現在只等著姑爺中狀元回來，與小姐舞笙弄簫，鸞鳳和鳴。」

「咦，小姐，妳為何不開心？先生，你怎麼也悶悶不樂？放心，我又沒對你們討謝媒錢，又沒向你們要謝親酒。」

鶯鶯與張君瑞一直相視緘默不語，紅娘這才漸漸淡下興頭：

「怎麼，不就快可以天長地久了不是？怎麼就只我一人高興？」

對鶯鶯與張君瑞而言，腳步絕難移動，怕一動，就溶掉一星彼此凝視中的訊息。

3. 遠距離的戀愛

而時間是如此的淺，一舉步便踏到明天。

初秋的黃昏拖著尾巴，長路那頭彤雲散彩，紫的、金的、橙的、紅的蒸騰得鼎鼎沸沸，適才戀戀山頭的夕陽，終究「唉呀」一聲失腳跌落山後，群山及樹林漸漸都要暗去。

才告別了老夫人，法本、法聰也留步回轉去了，琴童牽著馬匹，蹄聲達達走在前頭，馬蹄聲迴盪空谷，就像驪歌催促的節拍，群山重巒都在小聲互說著這場別離。

紅娘靜默伴著鶯鶯，整個天地只剩愁眉淚眼相對的兩人。

「不管高不高中，我只要你快快回來。」鶯鶯低聲說。

「為了妳，我一定登科甲歸來，狀元不是妳家的，還會是誰家的？」張君瑞執起鶯鶯的手。

「長安多麗人……」鶯鶯道出自己的隱憂，張君瑞輕輕搖頭，眼神端端凝注著鶯鶯：「我心中已住美眷。」

「怎樣才能離開妳？我一點辦法也不能，但是男子漢大丈夫，要能讓自己心愛的女子有最冠冕堂皇的位置，我如果不能正大光明迎娶妳，就是辜負妳。離開妳並不容易，我不斷告訴自己，為了妳就必須暫時離開妳。」

鶯鶯低頭躊躇：「千金之軀，託付終身，切莫相負。」

張生說：「妳終究信我不過嗎？」

鶯鶯搖頭：「不是，不是，只是日日思君見君，那見不到你的日子，我還沒想好該如何捱過？我要做什麼？你在做什麼？思念你的時候要如何？要多久才能見到你？夢中就能相見嗎？」鶯

鶯忍不住流下了眼淚。

紅娘看看天色，小聲提醒：「小姐，天暗了，該讓張生啟程了。」

一語直令鶯鶯淚水紛紛，掩面哭泣，紅袖淹情淚，張君瑞也禁不住青衫淚溼。

「鞍馬秋風，你千萬要多保重。」鶯鶯涕泗縱橫叮嚀，張君瑞也囑咐：「早晚風寒，妳也要保重千金貴體，等我回來。」

張君瑞一步三回首，漸行漸遠而去；鶯鶯一直移不開的眼，一直看到西天最後一抹殘霞也匿去蹤跡，離愁豁地撲天蓋地湧動，萬徑人蹤滅，馬蹄聲猶在山谷一拍一拍迴響。

鶯鶯的日子開始由一封又一封的信箋串成，無論白天或夜晚，她愛不停的蘸筆寫信，相思是她原就熟悉的，但依然為之消瘦，變得愛看遠方，愛問長安。夜深就寢，她總是祈禱上天今晚賜給她一個好夢，夢裡，張生就在西廂，就在月下，然後，她困乏的閉上眼，達達的馬蹄聲就遠遠響起……清晨，她發現自己常常哭著醒來。

沿黃河、離蒲東，張生回首望向普救寺方位，半山黃葉，滿空離情。

一日下榻草橋店，三更月明，在床前打地鋪的琴

童已呼呼睡熟，張君瑞輾轉反側難入眠，正要去到夢的邊緣，突然聽到門外有人衣衫窸窣，瑤珮輕撞。「小姐……」他驚呼一聲躍身而起，一把打開門，看到嬌喘不已的鶯鶯立在門外，髮絲微亂，襪鞋裙裾盡溼。

「娘子，是妳嗎？真的是妳嗎？妳怎麼來的？」完全不可置信的張君瑞牽著鶯鶯進屋內，「紅娘呢？」張君瑞再問。

「我瞞著母親，也不叫紅娘知道，星夜下山，原野跋涉千里，一路追隨你的足跡。我不能離開你，不能，不能！」

「妳一名嬌弱女子，是怎能做得到？」張君瑞無限憐惜。

「我不管功不功名，你去長安我就隨你去長安，你去天涯我也隨你去天涯。要不，我們什麼都不要，我們遠走高飛去沒有人知道的地方，與世隔絕。」

張君瑞緊緊擁著受凍發抖的鶯鶯：「妳為我受這麼多苦……」

說話間突然門外人聲大作：「捕快來抓人囉！」「捕快來抓人囉！」

有軍曹踢開房門闖進屋，一把扯過鶯鶯，鶯鶯大叫：「我不要回去，我不要回去，相公救我！」

張君瑞心都快嘔出來，用盡力氣拉住鶯鶯，一用力，扯破鶯鶯的袖，跌坐在地……

「娘子，娘子！」張君瑞淒厲大叫，霍地直起身，只見一屋子冷清，半牆垣月光，間伴著琴童呼嚕嚕的睡熟聲。

原來是一場夢。小姐沒來，也沒去，張君瑞悻悻然下床，打開門扉，滿天露氣，曉星點點，一地的雪青月色。

還寄望什麼呢？思念銘了心刻進骨又怎樣？小姐，小姐仍然候在

峨嵋山巔；自己，自己依然要往長安路途。

妳今晚好眠嗎？像我思念妳這樣思念我嗎？張君瑞望著天心明月，一遍遍內心呼喊。房裡琴童一個翻身，看見張君瑞佇立門廊，嘟嘟噥噥說：「公子，明天要趕早進長安城，你還不睡？」

4. 曾經滄海難為水

好個繁華長安！

宮殿衙署宏偉壯麗，棋盤交錯的街道南北互通，車如流水馬如龍，冠蓋如雲集。

一年一試由禮部主持的省試，進士科照例在尚書省舉行，走出試場，張君瑞來到長安第一街「朱雀大街」，才知道物類之多、繁華之盛，夜市千燈照，高樓紅袖招，已到了令人目不暇給的地步，不僅奇人雅士盡在長安，沙陀、僧侶、回紇、吐蕃、遣唐使、各國使節商旅……各色非中原人氏，髮膚殊異、奇裝異服也都自在遊走街衢，更增添長安包容萬千的泱泱風采。

琴童東張西望看傻了眼，張君瑞則隨意遊賞京華，曾經日思夜想的長安就在腳下，他的心頭卻不戀棧。開元天寶盛世已過，安史亂後，國家元氣大傷，他領教過邊將的擁兵自重、蠻橫暴虐，所以看得到繁華盡處的衰色，更何況，他心繫一人、情鍾一處，無暇顧及太多其它。

這一日，天清氣朗，客棧外突然敲鑼打鼓，人聲嘈雜，琴童衝進門上氣接不了下氣的說：

「公子！你，高中了！高中了！我家公子高中了今榜探花！」

房裡很快的湧進了滿屋的人，大家七嘴八舌連聲道賀，說是客棧外紅紙都高高的貼了一整牆，大夥簇擁著張君瑞到店門外，只見張張紅紙都黑墨新亮寫上幾個大字:「恭賀貴客張老爺君瑞殿試一甲第三名探花及第」。

是了！得了！好了！眾聲喧鬧中，張君瑞仰首向天，虔敬謝天地護愛、謝祖宗庇佑、謝父母恩重、謝佳人情深！往事一幕幕閃現，一切都苦盡甘來，他的心深靜又幸福。

還不能衣錦回蒲州，新科進士要做的事還真多。一要在皇宮大殿，聆聽天子親自唱名賜第；二要戴金花，著紅袍，一起來到杏花遍開的曲江邊，赴天子欽賜邀約的曲江宴；三要編登科錄，從此堂堂皇皇成為大唐的命官；第四，咳，這第四，人生所有得意榮耀之巔峰、快樂之無上極境，就是要一起去到長安南方的大雁塔，手持紫毫毛筆，在佛塔磚壁上，端端正正寫上自己的姓名，沒有一位新科進士能忘記生命在這

一刻的溫度，無論是手心的、眼眶的或心頭的；這叫雁塔題名，大雁塔本名慈恩塔。

曲江水澄明，花草扶疏，杏花林側有一座華麗高聳的樓臺，那是供后妃公主、貴族女眷登臨賞景的樓臺，名叫「雲霄看」，每年曲江宴，新科進士們曲水流觴，乘興作樂，「雲霄看」樓臺上鬢影如繁星，香袖搧成風，美麗高貴的皇室仕女們，居高臨下，她們賞景賞景，賞的是人才俊士，佳婿風景。

多少新科進士，長安得意馬蹄輕，不僅金榜題名，更幸獲青睞，娶得當今豪門貴族，讓自己一夕之間寒門翻身，晉身上等品第，從此官途青雲直上。大家都說「雲霄看」樓臺名字命得真好：一被「看」上，就立即飛上雲霄。而倍受矚目的，當然是新科狀元、榜眼、探花。

張君瑞原想皇上親筆授官後，就可以立即出京城，沒想到他奉旨在翰林院編修國史，望著窗外晚凋的寒梅，他想起自己與鶯鶯相遇在暮春時節，落花如紅雨，紛紛落在苔綠的小徑；別離的時候，初秋黃葉燃燒著暮靄殘霞；如今春天又近，他離開普救寺竟已半載。

聽說皇上不立即派官是有原因的。刑部尚書、御史大夫雙雙為女兒說親，都被張君瑞以「已有家室」婉拒後，唯皇上尚未死心，他要為二八年華的樂成公

主招得此佳婿，後得知張君瑞的妻子是已故崔相國之女，帶念相國舊情，不便苦苦相逼，便暫時留置張君瑞在宮中，期望尚有轉圜的餘地。

張君瑞一心思歸，卻沒有確定的日期，心頭始終悶悶不樂，便要琴童回中州府一趟，帶一封書信給鶯鶯，並報知老夫人自己高中的消息。臨行前再三叮嚀琴童：「要親口告訴小姐，我怕她擔憂，特地寫信好讓她安心，請她務必要回信，交給你帶回。」

帶著書信，琴童星夜一逕往蒲州去了，月餘時光抵達普救寺，為梨花別院帶來天大的喜訊。

紅娘高興的說：「自從你家公子到了西廂居住，我家小姐要不長噓短嘆、要不情思昏睡，人一天天消瘦，但所有的消瘦加起來也比不上這半年。瞧，我家小姐每件衣衫都寬鬆了，我正擔心煩惱呢，這下可好，玉皇大帝也沒輒的事，就你這消息像爐火純青煉的活命仙丹。」

鶯鶯對著琴童問好多話兒，紅娘笑著阻止：「小姐，妳讓琴童喘口氣、喝口水，將半年的事慢慢說給妳聽。」

琴童喝了水，將半年的事一一敘述，鶯鶯聽得萬分入神，聽到長安登科、曲江賜宴、雁塔題字，她興奮得漲紅了臉，口中喃喃：「探花郎，第三名呀。」琴童說得忘情，將許多大官提親不打緊，連皇上都替公

主招親的事也一五一十的說了。

紅娘來不及阻止，鶯鶯「刷」一聲臉色倏地發白。

琴童機伶伶的忙說：「但是，我家公子吃了秤砣鐵了心，無論是誰，他都只用一句話回拒到底。」

鶯鶯別頭注視琴童，紅娘急得嚷嚷：「你給我快點說！」

「公子說：『我已有妻室，是已故崔相國之女。』」

「他當真這樣說？」鶯鶯問。

「啊，對了，剛才前廳見老夫人，忙著說話，差點我就把一事忘了。」琴童拿出書信，上前奉遞：「當不當真，小姐，妳看信便知道。」

紅娘一把奪了信拿給鶯鶯，口中一邊數落：

「這麼重要的事，你現在才說。」

鶯鶯噙淚拆信讀信，無語低頭，淚水盈眸。琴童又說：「公子希望妳不必擔憂，並且叫我一定要將妳的回函帶給他。」

鶯鶯說：「怎樣才能夠得到天那樣大的紙，才足夠寫滿我的思念。紅娘，妳將我平日寫的書信綑束封題，交給琴童帶回。對了，紅娘，妳且再為我準備幾樣東西送給張生。」

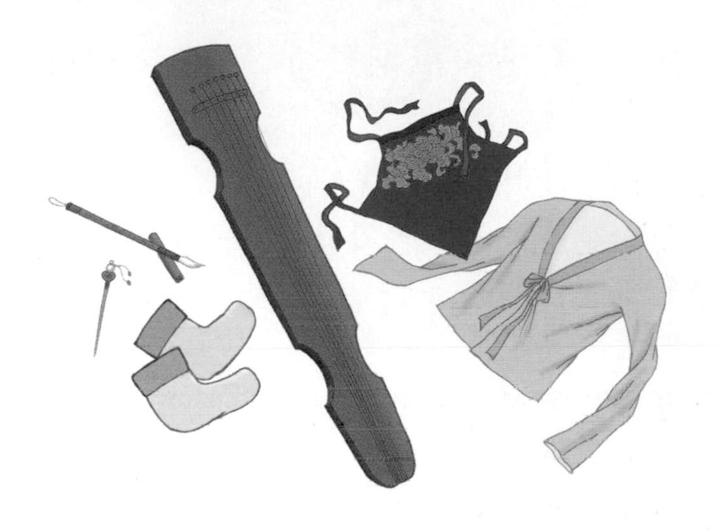

鶯鶯要紅娘準備汗衫一件、裹腹肚兜一條、襪兒一雙、瑤琴一張、玉簪一枝、斑管一枝，再賞給琴童十兩銀子當盤纏。紅娘不解，問鶯鶯：「張生做了官，要這些東西做什麼用？」鶯鶯粉臉一紅說：「他會知道的。」

琴童取了一大包信函和幾樣物件，星夜趕路，月餘回到長安。

張君瑞得信，欣喜無以名狀，把玩那幾樣物件，心中的情思一波又一波。

「汗衫一件，要我貼身穿著，感受她的溫柔；裹腹肚兜一條，繫在心頭，要我將她放在心裡；襪兒一雙，套住腳，要我別亂走胡行；瑤琴一張，要我別忘了當日月下彈琴訴衷曲，我倆人彼此的知音；玉簪一枝，玉簪插腦後，她要我別將她忘在腦後；斑管一枝，這毛筆嘛，竹管上的斑點是昔日娥皇女英為舜流下的眼淚，也是今日淑女思君子所流下的眼淚。好呀，妙呀，娘子，妳的巧思風流無人可比。」然而張君瑞一面讚嘆卻也一面惆悵：

「但是妳終究是不了解我。這世上哪裡尋得妳這般美麗溫柔？哪裡尋得妳這般聰明才思？」

一片天高地厚的情意，要到海枯石爛才盡，張君瑞身在長安心在蒲東，日日在夢裡乘月飛過三千里，回到月光浸透、曉霧輕漫的西廂。

第五卷 有情人終成眷屬

1. 橫生的一段變奏曲

梨花別院今日來了個小廝，說是鄭恆派來的，鄭恆住在山下客棧，奇怪的是，他不立刻上梨花別院拜見自己的姑姑，只說是要紅娘下山去，他有話要問紅娘。老夫人不知鄭恆葫蘆裡賣什麼藥，加上有點心虛，就讓紅娘下山去了。

紅娘拜見鄭恆：「哥哥萬福。老夫人要我問，哥哥你來到此地，怎不到家裡住？」

鄭恆答道：「我怎麼敢莽撞就去見姑姑？我喚妳來，是想要妳傳個話，我知道妳從小聰明伶俐，事情交待妳，沒有不成的。」說著斜眄著眼溜了紅娘一身，再說：「沒想到妳也長大了，出落得挺標緻。」

紅娘正色道：「哥哥有事請快說，老夫人等著回話。」

「好，明人不說暗話。我要妳來是想告訴妳，當日姑夫在世的時候，曾許下親事，我今日到達這裡，姑父的孝已服滿了，所以特地央請妳回去對姑姑說，挑揀個良辰吉日，完成這樁喜事，然後，我和妳們一起護靈柩回博陵下葬，否則，名不正言不順的，我和小姐一路上如何相處？妳去幫我說，若說成了，我一定重重謝妳。」

紅娘看鄭恆一副猥瑣*不正經的樣子，沒好氣回答：「這些話，你最好從此別提，因為，鶯鶯小姐已許配給張生了！」

鄭恆大怒拍桌罵道：「我在路上聽到的傳聞果然不假，有道是『一女不嫁二夫』，怎可以父親在的時候，對我許下婚約，父親一死，就想毀了約定，天下有這種道理嗎？」

紅娘說：「話也不能只從這頭說，想當日孫飛虎率領半萬賊兵來搶小姐的時候，這位哥哥，不知你身在哪裡？若不是張生，我們一家人命都不留一個了。今日太平無事了，你就冒出來爭親，那日倘若小姐真陷入賊人手中，哥哥，請問你要向誰說這『一女不嫁二夫』的大道理？」

鄭恆恨恨的說：「嫁個富貴家子弟，我還

*猥瑣：淺薄庸俗。

認了，嫁給個窮酸小子，我就不服，我哪一點不如他？我一表人才、頗富才幹，又出身高貴門第，那小子跟我比什麼？」

紅娘真嫌惡這番話，忍不住辯白道：「賣弄什麼你的高貴門第？撒泡尿自己照照吧？況且你又不曾下聘，憑什麼才洗了塵，就想要我家小姐成親過門？嫁給你，還真會折損我家小姐的花容月貌。三才天地人，天地分兩儀，清者為乾，濁者為坤，人就在其間相混，我告訴你，張君瑞是君子清賢，你鄭恆是小人濁民。」

「大膽小賤人，我才不信他有什麼能耐？退賊？別胡說了，他窮書生退得了賊？」紅娘索性將那日情形說了。

鄭恆啞口無言，仍恨恨不平：「我哪一點不如他？」

「你只會仗著自家背景，但那富貴門第是你父兄給你的，又不是你掙來的。你以為窮民到老都還是窮民嗎？你沒聽過英雄不怕出身低，將相自古出寒門嗎？」

「你聽著，」紅娘繼續說：「那窮書生張君瑞，如今高中一甲第三名，是今朝的探花郎。」

鄭恆一聽縮了脖子餒了身，好一會兒跳起來潑野道：「我管不了這麼多，看來妳們全一鼻孔出氣，但這

是我姑父的遺言，誰敢不遵守？我揀個日子牽羊擔酒上山，看我姑姑如何發落我，我不信姑姑不護我。」

紅娘平一下氣，好言勸鄭恆：「哥哥，孫飛虎圍寺鬧事，已將事情全盤改了，你冷靜細想，憑你鄭家門第，要娶怎樣的名門千金哪怕沒有？凡事由命在天。」

鄭恆暴怒，筋脈賁張撒野使狠搥桌斥喝：「妳不肯傳話，是不？我派二、三十個僕役，抬張大紅花轎上山，扛小姐上花轎，讓生米煮成熟飯，妳們又奈得了我何？妳不信？咱們走著瞧！」

紅娘被激怒，大聲罵道：「你像鄭尚書家嫡親的公子嗎？我看你倒像孫飛虎家生下的野蠻種，看看你自己吧，人醜陋、身形猥瑣、舉止輕佻，我家小姐嫁給你，不就是一朵鮮花插在糞堆上？」

鄭恆大叫：「我要娶、我要娶、我一定要娶！」

紅娘頂撞：「你娶不到、娶不到、娶不到。」

紅娘跺腳扭身離去後，鄭恆餘恨難消，千思萬尋，心中生出一計，他知道自己姑姑並非明白人，一向護短鄭家又耳根子軟、愛聽是非，此計一定能奏效。打定主意，明日即上普救寺，鄭恆嘿嘿的笑將起來：「我要娶、我要娶、我就是要娶！」

隔日晌午前，鄭恆已到梨花別院，一見老夫人立刻跪拜哭倒在地：「我不能為姑父送終，真不孝大罪啊！

姑父，你怎忍心離我們而去——」一句呼天搶地，觸動老夫人心坎，讓老夫人也嚎啕大哭。姑姪抱頭痛哭一場，鄭恆涕淚未乾就說：「姑姑，妳還有鄭家在呢，沒什麼好怕，一切有我。」

「昨天紅娘回來已將事稟報了我。此事，我心裡當然偏向你，何況這又是你姑父的遺言，全只因孫飛虎一事節外生枝，無可解圍之下，鶯鶯已許配給那張君瑞了。」

「張君瑞？」鄭恆佯裝思索，「妳說的敢是今科探花郎？」老夫人稱是。

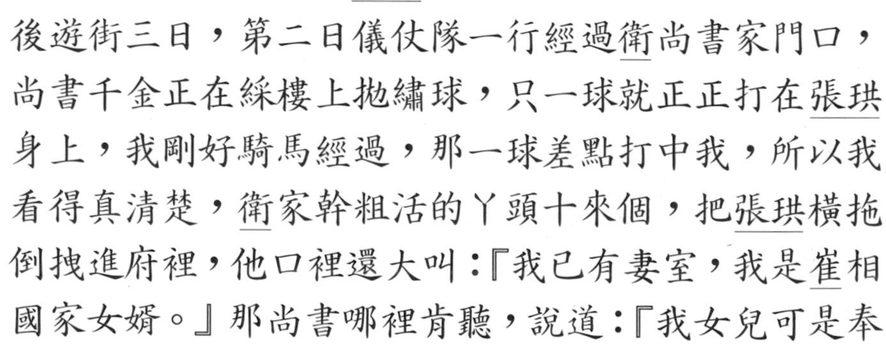

「年紀二十三、四歲，白面斯文，對不對？我在京城看榜，看見張珙高中後遊街三日，第二日儀仗隊一行經過衛尚書家門口，尚書千金正在綵樓上拋繡球，只一球就正正打在張珙身上，我剛好騎馬經過，那一球差點打中我，所以我看得真清楚，衛家幹粗活的丫頭十來個，把張珙橫拖倒拽進府裡，他口裡還大叫：『我已有妻室，我是崔相國家女婿。』那尚書哪裡肯聽，說道：『我女兒可是奉

聖旨結綵樓招親的，誰敢違旨不從？崔家女兒只能當妾。』這事鬧動京師，姪兒認得他，也親眼見、親耳聞。」

老夫人大怒：「我就說這畜生不識抬舉，今天果然負我崔家，我相國之女豈有為妾之理！既然張生已娶妻，那婚約就不算了，孩兒，你揀個吉日良辰，依舊來做我家女婿。」

鄭恆連忙跪謝，得意洋洋特地去向法本示威，出得山門，還回頭向著梨花別院忍不住啐一口：「呸，憑妳紅娘，也敢和我鬥？以後有妳好日子過！」

法聰送完客，飛也似的找歡郎將鄭恆的事傳話給紅娘，不旋即紅娘已到法本跟前問原由。法本對紅娘說是老夫人作的主，鄭恆近日就要來迎娶鶯鶯，然後拿出一本簿冊，翻開一頁，指著上頭兩個黑字給紅娘過目：

「妳看，我昨日才買的登科錄，看這兩字『張、珙』，張生果然及第，還授我們河中府府尹，老夫人怎能如此沒主張，做出這糊塗決定？鄭恆說是張生在長安另娶衛尚書千金，這事沒查證，可以相信嗎？」

「糟了，我得快稟報小姐。」紅娘轉身快步急趨回繡房。

2. 那明亮悠揚的尾聲

普救寺今天真不同，一大早山門外車馬喧騰，前衛隊早到，將如小山高的紅幌幌的賀禮擺桌，一擔擔酒缸，整籮筐整籮筐乾貨食材扛進廚房，然後列隊迎進白馬將軍。

白馬將軍與法本一起來到梨花別院前廳，拜見老夫人說：「我兄弟張君瑞一舉及第，御筆親除，正好授官河中府府尹，回來當日定會成親，我派人送信，得知他今日就會抵達普救寺，我因此特地早來等候，一為賀喜，二為主婚，中午就大宴寺裡僧俗賓客，為我兄弟慶賀雙喜。」

老夫人剎時慌得面無血色，法本正要說明原由，又聽得門外一陣人馬吵雜吆喝：「新探花河中府尹駕到。」白馬將軍笑呵呵起身：「我兄弟回來了！」

張君瑞進屋拜見夫人：「新探花河中府尹張珙拜見夫人。」

老夫人別過頭去，怒沖沖的說：「休拜！休拜！我無福消受，你是奉聖旨的女婿，我怎消受得起你這一拜。」

張君瑞當場錯愕，白馬將軍見狀有異，便要老夫人將事情儘管直說無妨。老夫人遂將長安綵樓招親的事一一道出，張君瑞聞言大驚，先問一句：「這是誰說的？」不及聽回答就連聲再問：「小姐可安好？」

老夫人說：「是我姪兒鄭恆說在長安親眼見、親耳聞的。算我家女兒沒這等福氣，既然你已另娶，我便還鄭恆舊婚約，他今日就要來娶親。」

張君瑞說：「老夫人，那鄭恆得不到鶯鶯自然心生怨懟嫉妒，妳怎能輕易相信一個賊畜生蓄意破壞的話？我從應舉離寺那一天開始，魂夢何曾一日離開過蒲東？皇上留我任京城高位，但我寧可請求回河中府，這又是為了什麼？老夫人，妳輕信了！」

紅娘得了訊息匆忙趕到前廳，顧不得白馬將軍、老夫人，撩裙跨進門檻，一手插腰一手直指，快步逼近張君瑞：「自別來可安樂嗎？新人如何啊？比舊人又如何？」接著忍不住破口大罵：「你這負心的畜生，我家小姐被你害慘了，我紅娘算看走眼了！你還有臉回來！」

白馬將軍忙擋住紅娘，紅娘像一頭橫衝直撞什麼都不顧的發怒的小獸。

「紅娘姐，怎麼連妳也糊塗了，小生為小姐受的苦，別人不知，卻瞞不得妳。我和妳家小姐是受了活地獄，下了死功夫，才能夠結為夫婦的，妳清醒清醒。」

白馬將軍道：「鄭恆今日來娶親不是？來的好，大家對質當面說清楚，真相很快就可大白。」

法聰、歡郎一起跑進來稟告，說那鄭恆帶一隊迎親隊伍到了山門外，得悉寺裡有衣錦還鄉的中州府尹張珙，有要來親自主婚的白馬將軍，嚇得他連門都不敢進，回頭策馬就逃，留下一頭霧水的迎親人馬，和一地的牲禽聘禮。

白馬將軍大笑：「邪不勝正，老夫人妳相信了吧？」

老夫人慚愧的說：「我鄭家家門不幸，出這不肖子孫，他哪一點比得上張生，張生才是我的乘龍快婿啊。」

紅娘果然聰明，很快明白了整個情況，不待老夫人吩咐已經回繡房稟明事情變化，請出了鶯鶯。

當張君瑞與鶯鶯照面的剎那，人人歡喜莫名，紅娘滿腹的酸甜苦辣全打翻在一塊，滿滿的情緒淹高到咽喉裡。

法本微笑點頭說：「老夫人今日總算知道我的話沒錯，張先生不是沒品沒行止的讀書人。」

連法聰也鬆了一口氣，忍不住說：「好不容易喔！」

張君瑞有一種隔世的恍惚感，仍不忘上前一拜揖：「在京城，見佳人不曾回顧。小姐，我帶回皇上賜的五花官誥，備妥七香車、鳳冠霞帔，今日就要娶妳為

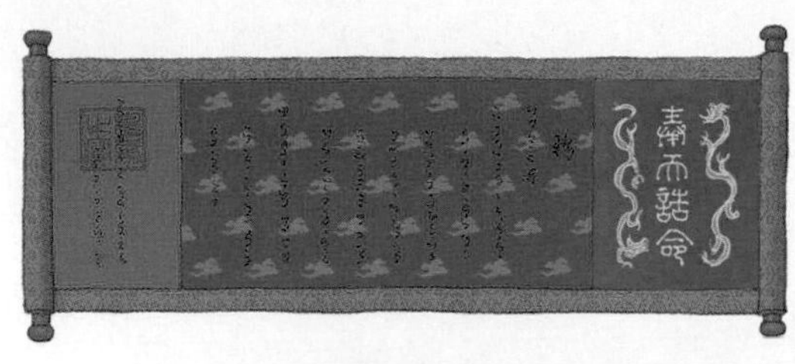

妻。」

鶯鶯粉淚點點，千頭萬緒，話不知從何說起，顧不得矜持，紅著眼對張君瑞說：「你要再晚一點回來，恐怕得到黃泉路上見我。不見時千言萬語，到相逢全化為重重嘆息……」

語一哽咽，順勢化為欠身回禮，鶯鶯百感交集道聲：「恭喜高中，先生你萬福。」

白馬將軍歡喜讚嘆：「好一對才子佳人，好一對痴心情種，今日快把喜事辦了。」

張生、鶯鶯拜老夫人、拜杜將軍，再雙雙交拜，歡郎、紅娘拜張生、鶯鶯，紅娘、眾人齊聲恭賀，歡喜一片。

中午喜筵完畢，眾人一起在梨花別院泥火爐煮茶，

忽聽得有人在山門擺放一份賀禮，張君瑞打開一看，是一大撮頭髮，函紙一張繫於髮上，上頭寫道：「特以不義之人頂上髮為吾兄道賀 ，以警示取其首級亦容易。」

張君瑞一見大喜，連忙拉起鶯鶯的手一起向遠方拜謝，並向眾人說：「這是我們的大恩人贈送的禮，他專殺天下不義之人，這次他幫我們小小警告了鄭恆，他是惠明和尚！」

大夥嘖嘖稱奇，那一日圍寺光景又回到眼前，人人搶著有話說，紅娘反倒一派輕鬆，一句話也沒插嘴。她喜歡此刻的感覺，希望這一刻就是一生一世。

「若不是有這麼多恩人相助 ，我夫妻不能有今日。」紅娘聽到張君瑞對大家說。她感受到鶯鶯正在尋找她的眼神，但她忙著享受幸福愉悅，沒力氣去搭理。倒是白馬將軍的一句話說得漂亮：

「你們真是天成的一對璧人，今日正是新探花新探花路啊。」

法本說：「從此不必再別離，祝福你們永老無別離，萬古常圓聚。」

每句好話紅娘都愛聽，不過法聰這楞小子最近很開竅，他說的這句話，倒真叫人的心波地一亮，先是驚豔喝采，然後茶韻一般可以回甘不已，他說：

「願天下有情的都成了眷屬。」

紅娘飲幸福的杯酒微醺陶醉了，大家的笑聲裡，她透窗看見梨花又開滿樹，白色花瓣輕舞飛揚，日子又近又遠，今夜小姐不知還要不要月下夜禱？

西廂記——刻骨銘心的愛情

看完張君瑞與崔鶯鶯的愛情故事，相信你也為他們的幸福感到開心吧！回想故事，想想下面的問題。

1. 你最喜歡的人物是＿＿＿＿＿＿＿＿

＿＿＿＿＿＿＿＿＿＿＿＿＿＿＿＿

因為＿＿＿＿＿＿＿＿＿＿＿＿＿＿

＿＿＿＿＿＿＿＿＿＿＿＿＿＿＿＿

＿＿＿＿＿＿＿＿＿＿＿＿＿＿＿＿

2.如果你是故事中可愛的俏紅娘，你會怎麼幫助張君瑞和崔鶯鶯成就愛情呢？

＿＿＿＿＿＿＿＿＿＿＿＿＿＿＿＿

＿＿＿＿＿＿＿＿＿＿＿＿＿＿＿＿

＿＿＿＿＿＿＿＿＿＿＿＿＿＿＿＿

＿＿＿＿＿＿＿＿＿＿＿＿＿＿＿＿

3. 崔老夫人為崔鶯鶯處處設想，天下父母心，你是否也常常感受到媽媽的關懷呢？快提筆寫下來吧！

4. 讀完這本書，你學到了

在經典故事中成長

——有圖、有料、有意思

唐三藏西天取經、魯智深大鬧桃花村、
諸葛亮草船借箭、牛郎織女鵲橋相見……
過去，我們讀這些故事長大
現在，我們讓這些故事陪孩子一起長大
豐富的文化應該被傳承，傳統的經典需要有新意
小說新賞，讓經典再現——

- 導讀簡明，掌握故事緣起
- 內容生動，融合古典新意
- 插圖精美，呈現具體情境
- 經典新編，富含文學性質

全系列共三十冊　敬請期待

一生不可不讀的三十本經典

國家圖書館出版品預行編目資料

西廂記／石德華編寫;王平,馮艷繪.－－初版一刷.－－臺北市: 三民, 2011
面; 公分.－－(兒童文學叢書／小說新賞)

ISBN 978-957-14-5431-3 (平裝)

859.6 99024985

© 西廂記

編寫者	石德華
繪者	王平 馮艷
責任編輯	林易柔
美術設計	蔡季吟
發行人	劉振強
著作財產權人	三民書局股份有限公司
發行所	三民書局股份有限公司 地址 臺北市復興北路386號 電話 (02)25006600 郵撥帳號 0009998-5
門市部	(復北店) 臺北市復興北路386號 (重南店) 臺北市重慶南路一段61號
出版日期	初版一刷 2011年1月
編號	S 857420

行政院新聞局登記證局版臺業字第〇二〇〇號

ISBN 978-957-14-5431-3 (平裝)

http://www.sanmin.com.tw 三民網路書店